TRANZLATY

Sprache ist für alle da

Jezik je za sve

Die Verwandlung
Preobražaj

Franz Kafka

Deutsch
Hrvatski

www.tranzlaty.com

Teil Eins
Prvi dio

Gregor Samsa erwachte eines Morgens aus unruhigen Träumen.
Gregor Samsa se jednog jutra probudio iz nemirnih snova.
Er befand sich in seinem Bett, konnte sich aber nicht bewegen.
Našao se u svom krevetu, ali se nije mogao pomaknuti.
Er war in ein monströses Ungeziefer verwandelt worden.
Bio je pretvoren u monstruoznu štetočinu.
Er lag auf dem Rücken, der sich hart wie eine Rüstung anfühlte.
Ležao je na leđima, koja su bila tvrda poput oklopa.
Indem er den Kopf ein wenig hob, konnte er seinen Bauch sehen.
Malo podigavši glavu, mogao je vidjeti svoj trbuh.
Sein Bauch aber war gewölbt und in Segmente unterteilt.
Ali njegov trbuh je bio zaobljen i podijeljen na segmente.
Die Decke lag auf seinem runden Bauch.
Deka je počivala na njegovom zaobljenom trbuhu.
Die Decke war jedoch kurz davor, ganz herunterzurutschen.
Ali deka je bila blizu toga da potpuno sklizne dolje.
Seine Beine wirkten im Vergleich zu ihrer üblichen Größe jämmerlich.
Noge su mu bile jadne u usporedbi s njihovom uobičajenom veličinom.
Und seine vielen Beine flackerten hilflos vor seinen Augen.
I njegove brojne noge bespomoćno su mu treperile pred očima.
„Was ist nur mit mir geschehen?", dachte er bei sich.
„Što mi se dogodilo?" pomislio je u sebi.
Aber es war kein Traum, aus dem er nicht erwachen konnte.
Ali to nije bio san iz kojeg se nije mogao probuditi.
Es war tatsächlich sein eigenes Zimmer, in dem er sich wiederfand.
To je zaista bila njegova vlastita soba u kojoj se našao.

Ein richtiges Zimmer für Menschen, aber leider etwas zu klein.
Prava soba za ljude, ali samo malo premalena.
Er lag still zwischen den vier bekannten Mauern.
Tiho je ležao između četiri dobro poznata zida.
Auf dem Tisch befand sich eine Sammlung von Textilmustern.
Na stolu je bila zbirka uzoraka tekstila.
Samsa war Handelsreisender, daher die Muster.
Samsa je bio trgovački putnik, otuda i uzorci.
Über den auseinandergenommenen Textilproben hing ein Bild.
Iznad rastavljenih uzoraka tekstila nalazila se slika.
Er hatte das Bild erst vor Kurzem aus einer Zeitschrift ausgeschnitten.
Nedavno je izrezao sliku iz časopisa.
Er hatte das Bild in einen hübschen, vergoldeten Rahmen gefasst.
Stavio je sliku u lijep, pozlaćeni okvir.
Das gerahmte Bild zeigte eine aufrecht sitzende Dame.
Uokvirena slika prikazivala je ženu kako sjedi uspravno.
Sie trug eine Pelzmütze und hatte einen Pelzmuff.
Nosila je krznenu kapu i imala je krznenu mufnu.
Sie hob ihre Hand in Richtung des Betrachters des Bildes.
Podigla je ruku prema gledatelju slike.
Ihr ganzer Unterarm verschwand in ihrem schweren Pelzmuff.
Cijela joj je podlaktica nestala u teškoj krznenoj mufni.
Gregor blickte aus dem Fenster auf das trübe Wetter.
Gregor je gledao kroz prozor u tmurno vrijeme.
Man konnte hören, wie schwere Regentropfen gegen das Fenster prasselten.
Moglo se čuti kako teške kapi kiše udaraju o prozor.
Das graue Wetter stimmte ihn sehr melancholisch.
Sivo vrijeme ga je činilo vrlo melankoličnim.
„Wie wäre es, wenn ich noch ein bisschen länger schlafe?“, dachte er.

„Što kažeš da spavam još malo?" pomislio je.

"Mehr Schlaf könnte mir helfen, diesen Unsinn zu vergessen."

"Više sna bi mi moglo pomoći da zaboravim ove gluposti."

Länger zu schlafen war jedoch völlig unmöglich.

Ali spavanje dalje bilo je potpuno nemoguće.

Weil er es gewohnt war, auf seiner rechten Seite zu schlafen.

Jer je navikao spavati na desnoj strani.

Sein aktueller Zustand schränkte jedoch seine üblichen Bewegungsfreiheiten ein.

Ali njegovo trenutno stanje sprječavalo je njegove uobičajene pokrete.

Er hatte keine Möglichkeit, in diese Lage zu gelangen.

Nije imao načina da se dovede u ovu poziciju.

Er versuchte sein Bestes, sich auf die rechte Seite zu werfen.

Pokušao je svim silama baciti se na desnu stranu.

Er hat diese Bewegung wahrscheinlich hundertmal versucht.

Vjerojatno je pokušao ovaj pokret stotinu puta.

Aber er kippte immer wieder in die Rückenlage zurück.

Ali uvijek se zaljuljao natrag u ležeći položaj.

Er schloss die Augen, um seine unruhigen Beine nicht sehen zu müssen.

Zatvorio je oči kako ne bi vidio svoje noge kako se vrpolje.

Am Ende hinderten ihn seine Schmerzen daran, es noch einmal zu versuchen.

Na kraju ga je bol spriječila da pokuša ponovno.

Ein dumpfer Schmerz in der Seite, den er noch nie zuvor gespürt hatte.

Tupa bol u boku kakvu nikada prije nije osjetio.

„Oh Gott", dachte Gregor Samsa verzweifelt bei sich.

„O, Bože", očajnički je pomislio Gregor Samsa u sebi.

"Was für einen anstrengenden Beruf ich mir da doch ausgesucht habe!"

"Kakav sam naporan posao odabrao za sebe!"

„Ich muss beruflich Tag für Tag reisen."

"Iz dana u dan moram putovati uokolo zbog posla."

„Büroarbeit ist viel einfacher als die Arbeit unterwegs."

"Uredski posao je puno lakši od rada na putu."
„Und ich habe den Fluch, ständig reisen zu müssen."
"I imam prokletstvo da moram putovati uokolo."
„Die ganze Sorge, die Züge nicht rechtzeitig zu verpassen."
"Sve te brige oko dolaska vlakova na vrijeme."
„Meine Mahlzeiten sind unregelmäßig und das Essen ist schlecht."
"Moji obroci su neredoviti, a hrana je loša."
„Meine Freunde wechseln ständig, je nachdem, wo ich hinziehe."
"Moji prijatelji se stalno mijenjaju od grada do grada."
„Meine Interaktionen sind kühl und professionell."
"Interakcije koje imam su hladne i profesionalne."
„Sollen sich doch die Teufel mit solchen Arbeiten vergnügen!"
"Neka se Vrag zabavlja ovakvim poslom!"
Er verspürte ein leichtes Jucken im oberen Bereich seines Bauches.
Osjetio je lagano svrbež na vrhu trbuha.
Er stemmte sich mit dem Rücken gegen den Bettpfosten.
Leđima se naslonio na uzglavlje kreveta.
Er wollte seinen Kopf besser heben können.
Htio je moći bolje podići glavu.
Er fand die juckende Stelle, die ihn plagte.
Pronašao je svrbežno mjesto koje ga je mučilo.
Sein Kopf schien mit kleinen weißen Punkten bedeckt zu sein.
Činilo se da mu je glava prekrivena malim bijelim točkicama.
Was diese kleinen weißen Punkte waren, konnte er nicht sagen.
Što su bile te male bijele točkice, nije mogao reći.
Er hatte geplant, die Stelle mit einem seiner Beine zu berühren.
Planirao je dodirnuti to mjesto jednom nogom.
Doch als er die Stelle berührte, verspürte er ein seltsames Frösteln.
Ali kad je dodirnuo to mjesto, osjetio je čudnu hladnoću.

Daraufhin zog er sein Bein sofort von der Stelle weg.
Zato je odmah povukao nogu s mjesta.
Ihm blieb nichts anderes übrig, als das Jucken zu ertragen.
Nije imao drugog izbora nego prihvatiti osjećaj svrbeža.
Und er kehrte in seine vorherige Position im Bett zurück.
I vratio se u svoj prijašnji položaj u krevetu.
„Wer so früh aufwacht, wird echt ziemlich dumm.“
"Buđenje tako rano čovjeka stvarno čini poprilično glupim."
„Ein Mann braucht genug Schlaf“, dachte er sich.
„Čovjek mora imati dovoljno sna“, pomislio je u sebi.
„Die anderen Handelsreisenden leben in Luxus.“
"Ostali trgovački putnici žive luksuznim životom."
„Morgens übermittle ich die erhaltenen Bestellungen.“
"Ujutro prenosim narudžbe koje sam primio."
„Währenddessen frühstücken die Herren noch.“
"U međuvremenu, ta gospoda još uvijek doručkuju."
„Stellen Sie sich nur vor, ich würde das bei meinem Chef versuchen.“
"Zamisli samo da to pokušam učiniti sa svojim šefom."
„Er würde mich feuern, bevor ich mit dem Frühstück fertig bin.“
"Otpustio bi me prije nego što završim doručak."
„Aber vielleicht wäre das auch nicht das Schlimmste.“
"Ali možda ni to ne bi bilo najgore."
„Das Problem ist, dass meine Eltern mich zurückhalten.“
"Problem je što me roditelji sputavaju."
„Ohne sie hätte ich schon längst gekündigt.“
"Da nije bilo njih, već bih dao otkaz."
„Ich hätte mich dem Chef entgegengestellt und es ihm gesagt.“
"Suprotstavio bih se šefu i rekao mu."
„Ich würde genau sagen, was ich von ihm und der Stelle halte.“
"Rekao bih točno što mislim o njemu i poslu."
„Er würde vom Schreibtisch fallen, wenn ich ihm alles erzählen würde!“
"Pao bi sa stola kad bih mu sve rekao!"

„Es ist sehr seltsam, wie er an seinem Schreibtisch sitzt."
"Vrlo je čudan način na koji sjedi za svojim stolom."
„Seine Art, mit seinen Untergebenen zu sprechen, ist nicht in Ordnung."
"Način na koji razgovara sa svojim podređenima nije ispravan."
„Und das Schlimmste ist, dass sein Gehör so schlecht ist."
"A najgore od svega je što mu je sluh tako slab."
„Sie haben also keine andere Wahl, als ganz nah bei ihm zu sitzen."
"Dakle, nemaš drugog izbora nego sjediti vrlo blizu njega."
„Aber trotz allem ist die Hoffnung noch nicht völlig verloren."
"Ali uz sve rečeno, nada još nije potpuno izgubljena."
„Ich werde das Geld sparen, um die Schulden meiner Eltern zu begleichen."
"Uštedjet ću novac da otplatim dug svojih roditelja."
„Ich kann nichts tun, solange sie ihm noch Geld schulden."
"Ne mogu ništa učiniti dok mu još duguju novac."
„Aber wenn die Schulden beglichen sind, werde ich es auf jeden Fall tun."
"Ali kad dug bude otplaćen, sigurno ću to učiniti."
„Es wird wahrscheinlich noch fünf bis sechs Jahre dauern."
"Vjerojatno će trebati još pet do šest godina."
"Ja, dann wird die große Trennung definitiv erfolgen."
"Da, onda će se veliki raskid definitivno dogoditi."
„Fürs Erste muss ich jedoch aufstehen."
"Međutim, za sada moram ustati iz kreveta."
„Weil mein Zug um fünf Uhr abfährt."
"Jer mi vlak polazi u pet sati."
Gregor blickte auf den tickenden Wecker auf dem Tisch.
Gregor je pogledao otkucavanje budilice na stolu.
"Himmlischer Vater!", dachte er, als er die Uhrzeit sah.
„Nebeski Oče!" pomislio je dok je gledao u vrijeme.
Halb sieben war schon still und leise vergangen.
Pola sedam je već tiho prošlo.

Und die Zeiger der Uhr bewegten sich immer weiter vorwärts.

I kazaljke sata su se neprestano pomicale naprijed.

Es war nun fast Viertel vor sieben.

A sada se vrijeme bližilo četvrt do sedam.

"Vielleicht hat der Wecker nicht geklingelt, um mich zu wecken?", dachte er.

„Možda alarm nije zazvonio da me probudi?" pomislio je.

Von seinem Bett aus inspizierte Gregor den Wecker.

Gregor je iz kreveta pregledao budilicu.

Der Wecker war korrekt auf vier Uhr eingestellt.

Budilica je bila točno postavljena na četiri sata.

Er konnte es sich nicht erklären, aber der Alarm musste losgegangen sein.

Nije mogao objasniti, ali alarm je sigurno zazvonio.

"Wie konnte ich den Wecker verschlafen, ohne es zu merken?"

"Kako sam prespavao alarm, a da nisam znao?"

Wenn der Alarm losgeht, wackeln sogar die Möbel.

Kad zazvoni, alarm čak i namještaj trese.

Er wusste, dass sein Schlaf alles andere als ruhig gewesen war.

Znao je da mu san uopće nije bio miran.

Aber vielleicht war das der Grund, warum sein Schlaf so viel tiefer war.

Ali možda je zato njegov san bio mnogo dublji.

Er musste darüber nachdenken, was er nun tun sollte.

Morao je razmisliti što bi sada trebao učiniti.

Der nächste Zug fuhr erst um sieben Uhr ab.

Sljedeći vlak nije polazio do sedam sati.

Diesen Zug zu erreichen, wäre nahezu unmöglich.

Uhvatiti taj vlak bilo bi gotovo nemoguće.

Und die benötigten Textilien hatte er noch nicht eingepackt.

I još nije spakirao tekstil koji mu je bio potreban.

Er fühlte sich auch nicht besonders frisch und agil.

Ni on se nije osjećao osobito svježe i okretno.

Vielleicht bestand die Möglichkeit, in den Zug einzusteigen.

Možda je postojala šansa da se ukrcam u vlak.
Doch ein Tadel vom Chef war so oder so unvermeidlich.
Ali šefova ukor je bio neizbježan u svakom slučaju.
Der Angestellte wäre in den Fünf-Uhr-Zug eingestiegen.
Službenik bi se ukrcao na vlak u pet sati.
Der Büroangestellte war ein willensschwaches Werkzeug des Chefs.
Uredski službenik bio je beskičmeno stvorenje šefa.
Gregors Abwesenheit wäre also bereits gemeldet worden.
Dakle, Gregorova odsutnost bi već bila prijavljena.
„Was wäre, wenn ich mich krankmelde?", überlegte Gregor.
„Što ako se javim da sam bolestan?" razmišljao je Gregor.
Das wäre aber äußerst peinlich und verdächtig.
Ali to bi bilo izuzetno neugodno i sumnjivo.
Gregor war in der gesamten Zeit, die er dort arbeitete, nie krank gewesen.
Gregor nikada nije bio bolestan dok je tamo radio.
Und er hatte ihnen bereits fünf Jahre Dienst geleistet.
A već im je dao pet godina službe.
Die Chancen standen gut, dass der Chef vorbeikommen würde, um nach ihm zu sehen.
Vjerojatno će ga šef doći provjeriti.
Er würde wahrscheinlich den Arzt der Krankenversicherung mitbringen.
Vjerojatno bi doveo liječnika zdravstvenog osiguranja.
Und er würde die Eltern für ihren faulen Sohn verantwortlich machen.
I krivio bi roditelje za njihovog lijenog sina.
Sie könnten gegen ihn keine Einwände erheben.
Ne bi mu mogli staviti nikakav prigovor.
Denn für ihn gab es nur zwei Arten von Arbeitern.
Jer za njega su postojale samo dvije vrste radnika.
Entweder waren die Arbeiter kerngesund oder arbeitsscheu.
Ili su radnici bili potpuno zdravi ili su se bojali raditi.
Und läge er mit dieser grundlegenden Analyse überhaupt falsch?
I bi li uopće pogriješio u toj osnovnoj analizi?

In diesem Fall hatte er sicherlich ein starkes Argument.
Svakako, u ovom slučaju, imao je snažan argument.
Trotz seines Aussehens fühlte sich Gregor tatsächlich recht wohl.
Unatoč svom izgledu, Gregor se zapravo osjećao prilično dobro.
Der unnötig lange Schlaf hatte ihn etwas schläfrig gemacht.
Nepotrebno dug san ga je učinio malo pospanim.
Abgesehen davon konnte er sich aber über keine Krankheit beklagen.
Ali osim toga nije se mogao žaliti na bolest.
Er verspürte sogar einen besonders starken und gesunden Hunger.
Čak je osjećao posebno jaku i zdravu glad.
Während er diesen Gedanken nachging, schlug die Uhr erneut.
Dok je razmišljao o tim mislima, sat je ponovno otkucao.
Laut Alarm war es jetzt Viertel vor sieben.
Prema alarmu, sada je bilo petnaest do sedam.
Und nun klopfte es auch leise an der Tür.
A sada se začulo i lagano kucanje na vratima.
„Gregor", rief ihm jemand zu – es war die Mutter.
„Gregore", netko ga je pozvao – bila je to majka.
„Es ist Viertel vor sieben", bestätigte sie den Alarm.
„Sad je petnaest do sedam", potvrdila je alarm.
"Wolltest du nicht gehen?", fragte die sanfte Stimme.
„Nisi li htio otići?" upitao je nježni glas.
Gregor erschrak, als er seine eigene Stimme antworten hörte.
Gregor se uplašio kad je čuo svoj glas kako odgovara.
Es war immer noch dieselbe Stimme, die er schon immer hatte.
Glas je i dalje bio glas koji je oduvijek imao.
Doch nun mischte sich ein neuer Klang in seine Stimme.
Ali sada se u njegov glas miješao novi zvuk.
Tief aus seinem Inneren entfuhr ihm auch ein schmerzhafter Schrei.
Iz dubine njegove unutrašnjosti izašao je i bolni cvilik.

Zunächst schien seine Stimme die Worte klar zu formen.
Isprva se činilo da njegov glas jasno oblikuje riječi.
Doch dann hörte Gregor das Echo seiner Stimme in seinem Kopf.
Ali tada je Gregor čuo mentalni odjek svog glasa.
Die Aufnahme seiner Stimme ist auf seltsame Weise zerbrochen.
Snimka njegovog glasa se prekinula na čudan način.
Und er war sich nicht sicher, ob er richtig gehört hatte.
I nije bio siguran je li dobro čuo.
Gregor verspürte den starken Wunsch, eine ausführliche Antwort zu geben.
Gregor je osjetio duboku želju dati detaljan odgovor.
Er wollte seiner Mutter alles genau erklären.
Htio je sve jasno objasniti svojoj majci.
Doch angesichts der Umstände musste er sich einschränken.
Ali, s obzirom na okolnosti, morao se ograničiti.
Und er antwortete viel kürzer, als er es gern getan hätte.
I odgovorio je puno kraće nego što bi volio.
"Ja, Mutter, keine Sorge, danke, ich bin schon wach."
"Da, majko, ne brini, hvala, već sam ustala."
Die Holztür trug vermutlich dazu bei, seine Stimme zu dämpfen.
Drvena vrata su vjerojatno pomogla prigušiti njegov glas.
Draußen blieb die Veränderung in Gregors Stimme unbemerkt.
Vani promjena u Gregorovom glasu ostala je nezapažena.
Die Mutter schien mit seiner Erklärung zufrieden zu sein.
Majka je izgledala zadovoljna njegovim objašnjenjem.
Und sie ging genauso leise wieder, wie sie gekommen war.
I otišla je opet jednako tiho kao što je i došla.
Doch das kurze Gespräch hatte eine unerwünschte Folge.
Ali taj kratki razgovor imao je neželjeni učinak.
Er erregte die Aufmerksamkeit der anderen Familienmitglieder.
Privukao je pozornost ostalih članova obitelji.
Gregor war noch zu Hause und nicht zur Arbeit gegangen.

Gregor je još bio kod kuće i nije otišao na posao.

Und nun klopfte auch der Vater an die Seitentür.

A sada je i otac pokucao na sporedna vrata.

Er klopfte schwach, aber entschlossen mit der Faust.

Slabo je, ali odlučno, pokucao šakom.

„Gregor, Gregor", rief er, „was ist das Problem?"

„Gregore, Gregore", pozvao je, „u čemu je problem?"

Nach einer Weile warnte er erneut, diesmal mit tieferer Stimme.

Nakon kratkog vremena ponovno je upozorio dubljim glasom.

Doch nun klopfte die Schwester an die andere Tür.

Ali na drugim vratima sestra je sada pokucala.

"Gregor? Geht es dir nicht gut?", fragte sie leise.

„Gregore? Zar ti nije dobro?" tiho je upitala.

„Brauchen Sie irgendetwas?", fragte sie besorgt.

„Treba li ti što?" upitala je zabrinuto.

Gregor antwortete beiden Seiten: „Ich bin schon fertig."

Gregor je objema stranama odgovorio: "Već sam završio."

Er hatte sich größte Mühe gegeben, alle Wörter sorgfältig auszusprechen.

Trudio se da pažljivo izgovori sve riječi.

Und er entfernte alles Auffällige aus seiner Stimme.

I uklonio je sve upadljivo iz svog glasa.

Auch der Vater schien mit der Antwort zufrieden zu sein.

Činilo se da je i otac bio zadovoljan odgovorom.

Und er kehrte zu seinem unvollendeten Frühstück zurück.

I vratio se svom nedovršenom doručku.

Doch die Schwester flüsterte: „Gregor, mach auf, ich flehe dich an."

Ali sestra je šapnula: "Gregore, otvori, molim te."

Doch ihre Sorge um ihn konnte ihn in keiner Weise bewegen.

Ali njezina briga za njega nije ga mogla ni na koji način dirnuti.

Gregor hatte nicht die Absicht, ihr die Tür zu öffnen.

Gregor nije imao namjeru otvoriti joj vrata.

Durch seine Reisen hatte er sich einige vorsichtige Gewohnheiten angeeignet.
Putujući je stekao neke oprezne navike.
Und er lobte sich selbst dafür, die Türen abgeschlossen zu haben.
I pohvalio se što je zaključao vrata.
Zunächst wollte er in Ruhe und in seinem eigenen Tempo aufstehen.
Prvo je htio tiho ustati u svoje vrijeme.
Und er wollte sich ungestört anziehen.
I, bez da ga se ometa, htio se odjenuti.
Nachdem er das geschafft hatte, wollte er frühstücken.
Nakon što je to postigao, htio je doručkovati.
Erst dann wollte er die Situation weiter überdenken.
Tek tada je htio dalje razmotriti situaciju.
Er wusste, dass es sinnlos war, im Bett Pläne zu schmieden.
Znao je da nema smisla praviti planove u krevetu.
Zu einem vernünftigen Schluss zu gelangen, wäre unmöglich.
Doći do razumnog zaključka bilo bi nemoguće.
Es gab schon andere Male, da war er mit leichten Schmerzen aufgewacht.
Bilo je i drugih puta kada se budio s blagim bolovima.
Diese Schmerzen erwiesen sich stets als reine Einbildung.
Te su se boli uvijek pokazale kao čista mašta.
Beim Aufstehen verschwanden die Schmerzen ausnahmslos.
Pri ustajanju iz kreveta bol bi neizbježno nestala.
Er war neugierig, was mit diesen Ideen geschehen würde.
Bio je znatiželjan vidjeti što će se dogoditi s tim idejama.
Die Veränderung seiner Stimme war wahrscheinlich nur auf eine Erkältung zurückzuführen.
Promjena u njegovom glasu vjerojatno je bila samo od prehlade.
Erkältungen sind für Reisende einfach ein Berufsrisiko.
Prehlade su samo profesionalna opasnost za putnike.
Er hatte keinen Zweifel daran, dass dies die logische Erklärung war.

Nije sumnjao da je to logično objašnjenje.
Es gelang ihm mühelos, die Decke von sich zu streifen.
Skinuti pokrivač sa sebe bilo je lako postignuto.
Er musste nur einatmen und sich aufblasen.
Sve što je trebao učiniti bilo je udahnuti i napuhati se.
Die Decke rutschte von seinem Körper und landete auf dem Boden.
Deka je skliznula s njegovog tijela i pala na pod.
Sein unglaublich breiter Körperbau erschwerte auch andere Dinge.
Njegovo nevjerojatno široko tijelo otežavalo je druge stvari.
Er hätte Arme und Hände gebraucht, um aufzustehen.
Trebale bi mu ruke i šake da ustane.
Aber er hatte nicht mehr die Gliedmaßen, die er früher gehabt hatte.
Ali nije imao udove koje je nekad imao.
Anstelle von Armen und Händen hatte er viele kleine Beine.
Umjesto ruku i šaka imao je mnogo malih nogu.
Und seine Beine bewegten sich ständig, ohne dass er es kontrollieren konnte.
I noge su mu se neprestano pomicale, bez njegove kontrole.
Er versuchte, ein Bein zu beugen, aber stattdessen streckte es sich.
Pokušao je saviti jednu nogu, ali se umjesto toga istegnula.
Schließlich gelang es ihm, ein Bein unter seine Kontrolle zu bringen.
Konačno je uspio staviti jednu nogu pod kontrolu.
Doch dann wurde die Bewegung der anderen Beine freigegeben.
Ali onda je pokret ostalih nogu bio oslobođen.
Und seine Beine zuckten vor lauter Aufregung.
I sve su mu se noge trzale od ekstremnog uzbuđenja.
Zuerst wollte er seinen Unterkörper aus dem Bett bekommen.
Prvo je htio izvući donji dio tijela iz kreveta.
Seinen Unterkörper hatte er aber noch nicht gesehen.
Ali zapravo još nije vidio donji dio tijela.

Und es erwies sich ohnehin als zu schwierig, diesen Teil zu versetzen.

I ionako se pokazalo preteškim pomaknuti ovaj dio.

Schließlich wagte er mit all seiner Kraft einen waghalsigen Schritt.

Konačno, svom snagom, napravio je jedan divlji potez.

Ohne weiter zu zögern, trat er vorwärts.

Bez daljnjeg oklijevanja krenuo je naprijed.

Doch er hatte die falsche Richtung eingeschlagen.

Ali odabrao je pogrešan smjer u kojem će krenuti.

Er schlug mit voller Wucht mit dem Körper gegen den unteren Bettpfosten.

Snažno je udarao tijelom o donji stup kreveta.

Der brennende Schmerz, den er empfand, lehrte ihn eine wertvolle Lektion.

Pekuća bol koju je osjećao naučila ga je vrijednu lekciju.

Sein Unterkörper war vielleicht empfindlicher.

Donji dio njegovog tijela bio je možda osjetljiviji.

Also versuchte er zuerst, seinen Oberkörper aus dem Bett zu bekommen.

Zato je prvo pokušao ustati iz kreveta gornjim dijelom tijela.

Er drehte seinen Kopf vorsichtig in die richtige Richtung.

Pažljivo je okrenuo glavu u pravom smjeru.

Und schon bald lag sein Kopf am Bettrand.

I ubrzo mu je glava bila okrenuta prema rubu kreveta.

Diese vorsichtige Vorgehensweise fiel ihm tatsächlich leicht.

Ovaj oprezni pokret mu je zapravo bio lak.

Und weder seine Breite noch sein Gewicht hinderten ihn an seinen Bewegungen.

I njegova širina i težina nisu zaustavljale njegovo kretanje.

Die Masse seines Körpers folgte langsam der Drehung des Kopfes.

Masa njegovog tijela polako je pratila okretanje glave.

Doch dann streckte er den Kopf über die Bettkante.

Ali onda je nagnuo glavu preko ruba kreveta.

Und er sah sich einer neuen Angst gegenüber, über die er noch nicht nachgedacht hatte.

I suočio se s novim strahom o kojem još nije razmišljao.

Ein weiteres Vorgehen in dieser Richtung könnte gefährlich sein.

Daljnje napredovanje na ovaj način moglo bi biti opasno.

Er hatte gedacht, er würde sich einfach fallen lassen.

Mislio je da će se jednostavno pustiti da padne.

Es wäre aber ein Wunder, wenn er sich dabei nicht am Kopf verletzen würde.

Ali bilo bi čudo da nije ozlijedio glavu.

Jetzt war nicht der richtige Zeitpunkt, um ein Bewusstseinsverlustrisiko einzugehen.

Sada nije bilo vrijeme za riskiranje gubitka svijesti.

Vielleicht wäre es doch besser, im Bett zu bleiben.

Možda bi ipak bilo bolje ostati u krevetu.

Doch dann musste er denselben Aufwand betreiben, um zurückzukehren.

Ali onda je morao uložiti isti napor da se vrati.

Nach all der Mühe lag er da, genau wie zuvor.

Nakon sveg tog truda ležao je tamo baš kao i prije.

Und nun schienen seine Beine noch wütender zu sein als zuvor.

A sada su mu se noge činile još ljutijima nego što su bile.

Die Bewegungen seiner Beine waren noch unkontrollierbarer geworden.

Pokreti njegove noge postali su još nekontroliraniji.

Er sah keinen Ausweg aus seiner Situation.

Nije vidio izlaz iz situacije u kojoj se našao.

Aus diesem Chaos konnte kein Frieden und keine Ordnung hergestellt werden.

Mir i red nisu se mogli izvući iz ovog kaosa.

Aber er wusste, dass auch im Bett zu bleiben keine Option war.

Ali znao je da ni ostajanje u krevetu nije opcija.

Alles zu opfern war die vernünftigste Option.

Žrtvovati sve bila je najrazumnija opcija.

Er klammerte sich an den kleinsten Hoffnungsschimmer, jemals wieder aufstehen zu können.
Držao se za najmanju nadu da će ustati iz kreveta.
Wenn ihm das gelingt, hat sich das ganze Risiko gelohnt.
Da je to uspio, sav rizik bi se isplatio.
Doch gleichzeitig erinnerte er sich auch an etwas anderes.
Ali istovremeno se sjetio i nečeg drugog.
„Besser als verzweifelte Entscheidungen sind ruhige Überlegungen."
"Bolje od očajničkih odluka su mirna razmišljanja."
Mit aller Kraft konzentrierte er seinen Blick auf das Fenster.
Svim je naporom usmjerio pogled na prozor.
Doch was er sah, stimmte ihn wenig zuversichtlich und erfreute ihn nicht.
Ali ono što je vidio nije donijelo mnogo samopouzdanja i veselja.
Der Morgennebel hüllte die gesamte enge Straße ein.
Jutarnja magla prekrila je cijelu usku ulicu.
Der Wecker klingelte erneut; es war nun sieben Uhr.
Budilica je ponovno zazvonila; sada je bilo sedam sati.
„Es ist bereits sieben Uhr und es ist immer noch so neblig."
"Već je sedam sati, a još uvijek je takva magla."
Eine Zeitlang lag er still da und atmete nur schwach.
Neko je vrijeme ležao mirno, slabo dišući.
Vielleicht würde etwas Ruhe eine gewisse Normalität herbeiführen.
Možda bi malo tišine donijelo neku normalnost.
Völliges Schweigen könnte die wahren Zustände herbeiführen.
Potpuna tišina mogla bi izazvati stvarne uvjete.
Doch bevor die Uhr erneut schlug, durchbrach er das Schweigen.
Ali prije nego što je sat ponovno otkucao, prekinuo je tišinu.
Bevor die Uhr wieder schlägt, muss ich aus dem Bett sein.
"Prije nego što sat ponovno otkuca, moram izaći iz kreveta."
„Ich muss bis dahin unbedingt komplett aus dem Bett sein."
"Do tada apsolutno moram biti potpuno izvan kreveta."

„Nach Viertel nach sieben schickt das Büro jemanden.“

"Nakon osam i petnaest, ured će poslati nekoga."

„Weil das Büro vor sieben Uhr öffnete.“

"Jer se ured otvorio prije sedam sati."

Und nun begann er, seinen Körper aus dem Bett zu schaukeln.

I sada je počeo ljuljati svoje tijelo iz kreveta.

Er hatte aufgehört, sich auf seinen Ober- oder Unterkörper zu konzentrieren.

Prestao se fokusirati na gornji ili donji dio tijela.

Sein ganzer Körper musste aus dem Bett herausragen.

Cijela dužina njegovog tijela morala je napustiti krevet.

Bei einem Sturz in diese Richtung sollte sein Kopf geschützt sein, dachte er.

Pad na ovaj način trebao bi mu zaštititi glavu, pomislio je.

Er hatte geplant, den Kopf zu heben, sobald er auf dem Boden aufschlug.

Planirao je podići glavu kad udari o tlo.

Sein Rücken schien hart genug für den Aufprall zu sein.

Stražnji dio njegova tijela činio se dovoljno tvrdim za udar.

Und der Teppich diente dazu, die Landung abzufedern.

A tepih je bio tu da ublaži slijetanje.

Seine größte Sorge galt jedoch dem Lärm.

Međutim, njegova najveća briga bila je glasna buka.

Das krachende Geräusch würde alle im Haus erschrecken.

Zvuk loma bi prestrašio sve u kući.

Vielleicht hätten sie keine Angst vor dem lauten Lärm.

Možda se ne bi užasavali glasne buke.

Aber sie wären mit Sicherheit besorgt, wenn sie davon hörten.

Ali sigurno bi se zabrinuli ako bi čuli.

Man musste aber das Risiko eingehen, Aufmerksamkeit zu erregen.

Ali rizik privlačenja pažnje se morao preuzeti.

Die neue Methode war eher ein Spiel als eine Anstrengung.

Nova metoda je bila više igra nego napor.

Er musste seinen Körper in plötzlichen und ruckartigen Bewegungen hin und her wiegen.
Morao je ljuljati tijelo naglim i trzavim pokretima.
Gregor war schon halb aus dem Bett aufgestanden.
Gregor je već bio napola ustao iz kreveta.
Nun kam ihm gerade ein neuer Gedanke.
Sad mu je upravo pala na pamet nova misao.
„Es wäre alles so einfach, wenn mir jemand zu Hilfe käme."
"Sve bi bilo tako lako kad bi mi netko priskočio u pomoć."
„Zwei kräftige Personen würden völlig ausreichen."
"Dvije snažne osobe bile bi sasvim dovoljne."
Sein Vater und das Dienstmädchen wären stark genug.
Njegov otac i sluškinja bili bi dovoljno jaki.
Sie müssten nur ihre Arme unter seinen Rücken schieben.
Samo bi morali zavući ruke ispod njegovih leđa.
Und dann könnten sie ihn ganz leicht aus dem Bett ziehen.
A onda bi ga lako mogli skinuti s kreveta.
Vielleicht hätten sie sein Gewicht langsam reduzieren müssen.
Možda bi morali polako smanjiti njegovu težinu.
Hoffentlich hätten die Beine dann ihren Zweck gefunden.
Nadajmo se da bi tada noge pronašle svoju svrhu.
Wäre es nicht letztendlich besser, um Hilfe zu rufen?
"Ne bi li ipak bilo bolje pozvati pomoć?"
Das Problem war natürlich, dass er die Türen abgeschlossen hatte.
Problem je naravno bio u tome što je zaključao vrata.
Irgendwie hatte der Gedanke etwas, das ihn amüsierte.
Nešto u toj ga je misli zagolicalo.
Und trotz seiner Notlage konnte er sich ein Lächeln nicht verkneifen.
I unatoč teškoćama, nije mogao suspregnuti osmijeh.
Er war schon kurz davor, das Gleichgewicht zu verlieren.
Već je bio blizu gubitka ravnoteže.
Mit jedem Schwung kam er dem Umkippen vom Bett näher.
Svaki zamah ga je približavao padu s kreveta.
Bald musste er die endgültige Entscheidung treffen.

Uskoro će morati donijeti konačnu odluku.
In fünf Minuten würde es Viertel nach sieben sein.
Za pet minuta bit će osam i petnaest.
Während er diesen Gedanken nachging, klingelte es an der Tür.
Dok je razmišljao o tim stvarima, zazvonilo je zvono na vratima.
„Das ist jemand aus dem Büro", sagte er zu sich selbst.
„To je netko iz ureda", rekao je sam sebi.
Und er erstarrte fast vor Angst angesichts des Besuchers.
I gotovo se ukočio od straha zbog posjetitelja.
Seine Beine tanzten noch wilder als zuvor.
Noge su mu plesale još divlje nego prije.
Doch dann herrschte einen Moment lang Stille.
Ali onda je, na trenutak, sve ostalo tiho.
„Sie werden die Tür nicht öffnen", sagte Gregor zu sich selbst.
„Neće otvoriti vrata", reče Gregor sam sebi.
Er war noch immer einer sinnlosen Hoffnung verfallen.
Još je uvijek bio obuzet nekom besmislenom nadom.
Doch dann ging das Dienstmädchen natürlich zur Tür.
Ali onda je, naravno, sluškinja otišla do vrata.
Und wie immer öffnete sie dem Besucher die Tür.
I, kao i uvijek, otvorila je vrata posjetitelju.
Gregor brauchte nur die erste Begrüßung des Besuchers zu hören.
Gregoru je trebalo samo čuti prvi pozdrav posjetitelja.
Er konnte sofort erkennen, wer ihn gesucht hatte.
Odmah je mogao reći tko je došao po njega.
Der Hauptschreiber selbst war gekommen, um nach Samsa zu sehen.
Sam glavni službenik došao je provjeriti Samsu.
Warum war Gregor der Einzige, der zu diesem Schicksal verurteilt wurde?
Zašto je Gregor bio jedini osuđen na tu sudbinu?
Warum musste ausgerechnet er in einer solchen Organisation dienen?

Zašto je samo on morao služiti u takvoj organizaciji?

Das geringste Versehen weckte sofort Misstrauen.

Najmanji propust odmah je izazivao sumnju.

Waren alle Angestellten, die dort arbeiteten, Schurken?

Jesu li svi zaposlenici koji su tamo radili bili nitkovi?

Gab es denn keinen treuen und ergebenen Menschen unter ihnen?

Nije li među njima bilo vjerne i odane osobe?

Hätten sie nicht einfach einen Lehrling schicken können?

Nisu li mogli jednostavno poslati šegrta?

War diese ganze Infragestellung überhaupt notwendig?

Je li svo ovo ispitivanje uopće bilo potrebno?

Musste der Bevollmächtigte persönlich erscheinen?

Je li ovlašteni predstavnik morao doći osobno?

Musste wirklich die gesamte unschuldige Familie informiert werden?

Je li cijela nevina obitelj morala biti obaviještena?

All diese Überlegungen veranlassten Gregor zum Handeln.

Sva ta razmatranja potaknula su Gregora na djelovanje.

Er schwang sich mit aller Kraft aus dem Bett.

Svom snagom se skočio iz kreveta.

Es gab einen lauten Knall, aber es war eigentlich kein richtiges Geräusch.

Čuo se glasan prasak, ali to nije bio pravi zvuk.

Der Fall wurde durch den Teppich etwas abgemildert.

Pad je bio malo ublažen tepihom.

Sein Rücken war elastischer, als Gregor angenommen hatte.

Leđa su mu bila elastičnija nego što je Gregor mislio.

Der Klang war also dumpfer und nicht so auffällig.

Dakle, zvuk je bio prigušeniji i ne toliko primjetan.

Doch er hatte seinen Kopf während des Sturzes nicht geschützt.

Ali nije pazio na glavu tijekom pada.

Und als er auf den Boden aufschlug, schlug er auch mit dem Kopf auf.

A kad je udario o tlo, udario je i glavom.

Er rieb sich vor Wut und Schmerz den Kopf am Teppich.

Trljao je glavu o tepih od bijesa i boli.
Der Manager im Nachbarzimmer hörte jedoch den Lärm.
Ali upravitelj u susjednoj sobi čuo je buku.
„Da ist etwas hineingefallen", stellte er richtig fest.
„Nešto je tamo palo", ispravno je primijetio.
Gregor versuchte, sich den Manager in seine Lage zu versetzen.
Gregor je pokušao zamisliti upravitelja u svojoj situaciji.
„Könnte ihm dasselbe passieren?", fragte er sich.
„Može li se isto dogoditi i njemu?" pitao se.
Er akzeptierte, dass dieses seltsame Ereignis möglich sein könnte.
Prihvatio je da je ovaj neobičan događaj moguć.
Und dann ging der Hauptsekretär ein paar Schritte in den Raum.
A onda je glavni službenik napravio nekoliko koraka do sobe.
Es war fast schon eine plumpe Antwort auf seine Frage.
Bio je to gotovo grub odgovor na pitanje koje je postavio.
Seine Lederstiefel knarrten, als er sich der Tür näherte.
Njegove kožne čizme su škripale dok se približavao vratima.
Aus dem Zimmer zu seiner Rechten flüsterte ihm seine Magd zu.
Iz sobe s njegove desne strane šapnula mu je sluškinja.
„Gregor, der Bevollmächtigte, ist hier."
"Gregore, ovlašteni predstavnik je ovdje."
„Ich weiß", sagte Gregor, aber nur leise zu sich selbst.
„Znam", rekao je Gregor, ali samo tiho sam sebi.
Er wagte es nicht, seine Stimme lauter als ein Flüstern zu erheben.
Nije se usudio podići glas iznad šapata.
Weil Gregor nicht wollte, dass seine Schwester ihn hörte.
Jer Gregor nije htio da ga sestra čuje.
„Gregor", sagte der Vater aus dem Zimmer links.
„Gregore", rekao je otac iz sobe s lijeve strane.
Der Manager ist gekommen, um nach dem Rechten zu sehen.
"Voditelj je došao provjeriti u čemu je problem."

„Er fragte, warum du nicht den frühen Zug genommen hast."

"Pitao je zašto nisi krenuo ranim vlakom."

„Wir wissen nicht, was wir ihm sagen sollen", sagte der Vater.

„Ne znamo što bismo mu rekli", rekao je otac.

„Übrigens möchte er auch persönlich mit Ihnen sprechen."

"Usput, i on želi osobno razgovarati s vama."

„Bitte öffnen Sie die Tür, damit er mit Ihnen sprechen kann."

"Molim vas, otvorite vrata da može razgovarati s vama."

„Er wird so freundlich sein, das Chaos im Zimmer zu entschuldigen."

"Bit će dovoljno ljubazan da ispriča nered u sobi."

"Guten Morgen, Herr Samsa", rief ihm der Manager zu.

„Dobro jutro, gospodine Samsa", doviknuo mu je upravitelj.

Und er sprach ganz gewiss in freundlicher Weise mit ihm.

I svakako je s njim razgovarao prijateljski.

„Es geht ihm nicht gut", sagte die Mutter zum Manager.

„Nije mu dobro", rekla je majka upravitelju.

„Es geht ihm überhaupt nicht gut, glauben Sie mir, lieber Manager."

"Nije mu nimalo dobro, vjerujte mi, dragi upravitelju."

"Warum sonst sollte Gregor den Morgenzug verpassen?"

"Zašto bi inače Gregor propustio jutarnji vlak?"

„Der Junge hat nichts anderes im Kopf als das Geschäft."

"Dečko nema ništa na umu osim posla."

„Es ärgert mich fast, dass er nichts anderes tut."

"Gotovo me živcira što ne radi ništa drugo."

„Ich wünschte, er würde abends an die frische Luft gehen."

"Volio bih da izlazi navečer na svježi zrak."

„Er war acht Tage geschäftlich in der Stadt."

"Bio je u gradu osam dana poslovno."

„Aber er war ja jeden dieser Abende zu Hause."

"Ali onda je svake od tih večeri bio kod kuće"

„Er sitzt an unserem Tisch und liest die Zeitung."

"Sjedi za našim stolom i čita novine."

„Manchmal studiert er auch die Fahrpläne der Züge."
"U drugim prilikama proučava vozni red vlakova."
„Manchmal beschäftigt er sich mit Tischlerarbeiten."
"Ponekad se doista zaokupi stolarstvom."
„Zum Beispiel schnitzte er einen kleinen Bilderrahmen aus Holz."
"Na primjer, izrezbario je mali drveni okvir za slike."
„An zwei oder drei Abenden war er mit der Säge beschäftigt."
"Dvije ili tri večeri bio je zauzet pilom."
„Sie werden staunen, wie hübsch der Bilderrahmen ist."
"Bit ćete zadivljeni koliko je okvir za sliku lijep."
„Er hat den Bilderrahmen in seinem Zimmer aufgehängt."
"Objesio je okvir za sliku u svojoj sobi."
„Wenn er die Tür öffnet, werden Sie seine Holzarbeiten sehen."
"Kad otvori vrata, vidjet ćete njegove drvene radove."
„Übrigens freut es mich, dass Sie hier sind, Herr Prokurist."
"Usput, drago mi je da ste ovdje, gospodine Prokurist."
„Wir allein hätten Gregor nicht dazu bringen können, die Tür zu öffnen."
"Sami ne bismo mogli natjerati Gregora da otvori vrata."
„Er ist so stur", gestand seine Mutter dem Angestellten.
„Tako je tvrdoglav", priznala je njegova majka službeniku.
„Er ist ganz sicher krank, obwohl er das vorher bestritten hat."
"Svakako mu nije dobro, iako je to prije poricao."
„Ich komme gleich", sagte Gregor langsam und bedächtig.
„Odmah ću doći", rekao je Gregor polako i oprezno.
Doch er machte keine Anstalten, sich der Tür des Zimmers zuzuwenden.
Ali nije se pomaknuo prema vratima sobe.
Er wollte kein Wort des Gesprächs verpassen.
Nije htio izgubiti ni riječ razgovora.
Der Hauptsekretär stimmte der Einschätzung der Mutter zu.
Glavni službenik složio se s majčinom procjenom.
"Ich kann es Ihnen auch nicht anders erklären, Madam."

"Ni ja to ne mogu drugačije objasniti, gospođo."
**„Hoffen wir alle, dass er keine schwere Krankheit hat",
sagte er.**
„Nadajmo se svi da nema neku tešku bolest", rekao je.
„Andererseits stellt es eine Gefahr in unserer Branche dar."
"S druge strane, to je opasnost u našoj industriji."
**„Wir Geschäftsleute müssen oft Unannehmlichkeiten
überwinden."**
"Mi poslovni ljudi često moramo prevladati nelagodu."
„Profis müssen leichte Schmerzen einfach aushalten."
"Profesionalci samo moraju podnijeti blage bolove."
Währenddessen klopfte sein Vater erneut an die andere Tür.
U međuvremenu, njegov otac je ponovno pokucao na druga
vrata.
**„Kann der Hauptsekretär jetzt hereinkommen?", wollte er
wissen.**
„Može li glavni službenik sada ući?" htio je znati.
**"Nein, das kann er nicht", antwortete Gregor auf die Frage
seines Vaters.**
„Ne, ne može", odgovorio je Gregor na očevo pitanje.
Im Raum links von uns herrschte betretenes Schweigen.
U sobi s lijeve strane zavladala je neugodna tišina.
Im Zimmer rechts begann die Schwester zu schluchzen.
U sobi s desne strane sestra je počela jecati.
Warum war die Schwester nicht zu den anderen gegangen?
Zašto sestra nije otišla biti s ostalima?
Sie war wahrscheinlich gerade erst aufgestanden, dachte er.
Vjerojatno je upravo ustala iz kreveta, pomislio je.
**Vielleicht hatte sie noch gar nicht angefangen, sich
anzuziehen.**
Možda se još nije ni počela odijevati.
Gregor aber verstand nicht, warum sie weinte.
Ali Gregor nije mogao shvatiti zašto plače.
**Lag es daran, dass er nicht aufgestanden war und den
Manager hereingelassen hatte?**
Je li to bilo zato što nije ustao i pustio upravitelja unutra?
Lag es daran, dass er Gefahr lief, seinen Job zu verlieren?

Je li to bilo zato što mu je prijetila opasnost od gubitka posla?
Könnte der Chef wie früher gegen die Eltern vorgehen?
Može li šef doći po roditelje kao prije?
Würde er seine alten Forderungen an sie wiederholen?
Hoće li im ponovno postaviti stare zahtjeve?
Diese Dinge waren wahrscheinlich unnötig.
O tim se stvarima vjerojatno nije trebalo brinuti.
Im Moment hatte sie keinen Grund zu weinen.
Za sada nije imala razloga za plakanje.
Gregor war noch da und sorgte für seine Familie.
Gregor je još uvijek bio ovdje i uzdržavao obitelj.
Und er hatte nie die Absicht, die Familie zu verlassen.
I nikada nije imao namjeru napustiti obitelj.
Im Moment lag er einfach nur da auf dem Teppich.
Zasad je samo ležao na tepihu.
Die Familie wusste nichts von seinem Zustand.
Obitelj nije znala u kakvom se stanju nalazio.
**Hätten sie das gewusst, hätten sie seinen Chef nicht
ermutigt.**
Da su znali, ne bi ohrabrivali njegovog šefa.
Sie hätten nicht einmal den Manager ins Haus gelassen.
Ne bi čak ni upravitelja pustili u kuću.
Ihn abzuweisen wäre nicht besonders unhöflich gewesen.
Odbiti ga ne bi bilo osobito nepristojno.
**Er hätte später problemlos eine passende Ausrede finden
können.**
Kasnije je lako mogao pronaći prikladan izgovor.
Dafür hätte er nicht entlassen werden können.
To nije bilo nešto zbog čega bi mogao biti otpušten.
**Gregor war der Ansicht, dass es jetzt vernünftiger wäre,
allein gelassen zu werden.**
Gregor je smatrao da bi sada bilo razumnije da ga ostave
samog.
Ihn durch Weinen und Reden zu stören, brachte wenig.
Uznemiravanje plakanjem i pričanjem nije puno postiglo.
Doch die anderen beunruhigte die Ungewissheit.
Ali upravo je ta neizvjesnost mučila ostale.

Und genau diese Unsicherheit entschuldigte ihr Verhalten.
I upravo je ta neizvjesnost opravdavala njihovo ponašanje.
„Herr Samsa!", rief der Manager mit erhobener Stimme.
„Gospodine Samsa", pozvao je upravitelj povišenim glasom.
„Was ist los mit dir?", wollte er wissen.
„Što se događa s tobom?" htio je znati.
„Du hast dich in deinem Zimmer verbarrikadiert."
"Zabarikadirali ste se u svojoj sobi."
„Sie antworten nur mit ‚Ja' oder ‚Nein'."
"Odgovarate samo s 'da' ili 'ne'."
„Du bereitest deinen Eltern große Sorgen."
"Zbog tebe roditeljima stvaraš ozbiljne brige."
„Ich sehe keinen guten Grund, warum Sie sie beunruhigen sollten."
"Ne vidim dobar razlog zašto biste ih zabrinjavali."
„Es gibt da noch eine Sache, die ich nebenbei erwähnen möchte."
"Još nešto ću spomenuti usput."
„Sie vernachlässigen auch Ihre geschäftlichen Pflichten uns gegenüber."
"Također zanemarujete svoje poslovne dužnosti prema nama."
„Eine solche Verantwortungslosigkeit entspricht so gar nicht Ihrem Charakter."
"Takva neodgovornost je sasvim netipična za tebe."
„Ich spreche hier im Namen Ihrer Eltern und Ihres Chefs."
"Govorim ovdje u ime vaših roditelja i vašeg šefa."
„Und ich bitte Sie um eine sofortige und klare Erklärung."
"I molim vas za hitno i jasno objašnjenje."
„Das Ganze erstaunt mich wirklich, das muss ich sagen."
"Moram priznati da me cijela ova stvar stvarno zadivljuje."
„Ich dachte, ich kenne dich als ruhigen und vernünftigen Menschen."
"Mislio sam da te poznajem kao mirnu i razumnu osobu."
„Aber jetzt zeigst du uns eine andere Seite von dir."
"Ali sada nam pokazuješ drugu stranu sebe."
„Plötzlich zeigst du deine ganz eigenen Launen."
"Odjednom pokazuješ svoje vrlo neobične hirove."

„Aber es könnte eine Erklärung für Ihr Scheitern geben."

"Ali možda postoji objašnjenje za tvoj neuspjeh."

„Der Chef erwähnte eine Forderung, die Sie für uns eingetrieben hatten."

"Šef je spomenuo dug koji ste nam naplatili."

"Ich habe dem Chef in Ihrem Namen mein Ehrenwort gegeben."

"Dao sam šefu časnu riječ u vaše ime."

„Aber jetzt sehe ich deine unverständliche Sturheit."

"Ali sada vidim tvoju neshvatljivu tvrdoglavost."

"Vielleicht verliere ich auch noch jegliche Lust, dir überhaupt zu helfen."

"Možda ipak izgubim svu želju da ti uopće pomognem."

„Ihre Arbeitsplatzsicherheit ist keineswegs völlig stabil."

"Vaša sigurnost posla nipošto nije sasvim stabilna."

„Eigentlich wollte ich euch das alles unter vier Augen erzählen."

"Izvorno sam ti ovo namjeravao reći nasamo."

„Aber jetzt sehe ich, dass Sie wollen, dass ich hier meine Zeit verschwende."

"Ali sada vidim da želiš da ovdje gubim vrijeme."

„Ich sehe also keinen Grund, warum deine Eltern das nicht wissen sollten."

„Dakle, ne vidim razloga zašto tvoji roditelji ne bi trebali znati."

„Ihre Leistungen in letzter Zeit waren nicht zufriedenstellend."

"Vaš nedavni učinak nije bio zadovoljavajući."

„Ich räume ein, dass die Verkäufe zu dieser Jahreszeit langsamer laufen."

"Slažem se da je prodaja sporija u ovo doba godine."

„Aber es gibt keine Jahreszeit, in der es keine Verkäufe gibt."

"Ali ne postoji doba godine kada nema prodaje."

Für einen Moment vergaß Gregor alles um sich herum.

Na trenutak Gregor zaboravi sve oko sebe.

„Aber Herr Prokurist!", rief Gregor verzweifelt aus.

„Ali gospodine Prokurist!", povika Gregor u očaju.
"Ich öffne die Tür sofort, jetzt gleich, keine Sorge."
"Otvorit ću vrata odmah, odmah, ne brini."
„Das Problem ist, dass ich mich ziemlich unwohl fühle."
"Problem je što se osjećam prilično loše."
„Mir war schwindelig, deshalb konnte ich die Tür nicht erreichen."
"Vrtoglavica me spriječila da dođem do vrata."
„Ich liege zwar noch im Bett, aber es geht mir schon viel besser."
"Još uvijek ležim u krevetu, ali osjećam se puno bolje."
"Einen Moment bitte, ich stehe gerade erst auf."
"Molim vas, samo trenutak, upravo ustajem iz kreveta."
"Einen Moment Geduld, Herr Prokurist, ist alles, worum ich bitte."
"Molim samo trenutak strpljenja, gospodine Prokurist."
„Es läuft nicht so gut, wie ich dachte, aber ich werde es schon schaffen."
"Ne ide tako dobro kao što sam mislio/la, ali bit ću dobro."
"Wie kann so etwas einem Menschen so schnell passieren?"
"Kako se takvo što može tako brzo dogoditi osobi?"
„Mir ging es gestern Abend gut, das wissen meine Eltern."
"Sinoć sam se osjećao dobro, moji roditelji to znaju."
„Aber vielleicht hatte ich damals schon eine kleine Vorahnung."
"Ali možda sam već tada imao mali predosjećaj."
„Man könnte sich fragen, warum ich es nicht im Büro gemeldet habe."
"Možda se pitate zašto to nisam prijavio u uredu."
„Ich dachte, ich würde mich morgen früh wieder viel besser fühlen."
"Mislio sam da ću se ujutro opet osjećati puno bolje."
„Man denkt immer, dass sie die Krankheit bis dahin besiegt haben werden."
"Čovjek uvijek misli da će do tada pobijediti bolest."
„Aber bitte! Verschonen Sie meine Eltern vor diesen Anschuldigungen!"

"Ali molim vas! Poštedite moje roditelje ovih optužbi!"
„Mir wurde kein Wort von dem erzählt, was Sie mir erzählt haben."
"Nisu mi rekli ni riječi o onome što si mi rekao."
„Sie haben möglicherweise die letzten von mir versandten Befehle nicht gelesen."
"Možda nisi pročitao/la posljednje naredbe koje sam poslao/la."
„Übrigens, du brauchst dir heute keine Sorgen um mich zu machen."
"Usput, danas se ne moraš brinuti za mene."
„Ich werde trotzdem den Zug um acht Uhr nehmen."
"Ipak ću uzeti vlak u osam sati."
„Die wenigen Stunden Ruhe haben mich ausreichend gestärkt."
"Nekoliko sati odmora me dovoljno ojačalo."
"Sie müssen wirklich nicht warten, Manager."
"Zaista nema potrebe da čekate, menadžere."
„Auch ich werde schon bald im Büro sein."
"I ja ću uskoro biti u uredu."
"Und bitte seien Sie so freundlich, ein gutes Wort für mich einzulegen."
"I molim vas, budite tako ljubazni da kažete koju lijepu riječ za mene."
Gregor hatte seine Erklärung recht hastig vorgetragen.
Gregor je svoje objašnjenje izrekao prilično brzopleto.
Er wusste selbst kaum, was er eigentlich sagen wollte.
Jedva je znao što zapravo pokušava reći.
Er ging zu der Kiste und versuchte, sich daran hochzuziehen.
Prišao je kutiji i pokušao je iskoristiti da ustane.
Er hatte wirklich die feste Absicht, die Tür zu öffnen.
Zaista je imao namjeru otvoriti vrata.
Er wollte vom Bevollmächtigten empfangen werden.
Želio je da ga vidi ovlašteni predstavnik.
Und er wollte das Problem persönlich mit ihm lösen.
I htio je osobno riješiti problem s njim.

Er war gespannt darauf, wie die anderen auf ihn reagieren würden.

Bio je nestrpljiv znati kako će ostali reagirati na njega.

Sie sind bestimmt inzwischen auch gespannt darauf, wie es ihm geht.

Sigurno su i oni sada željni vidjeti kako je.

Es gab zwei mögliche Arten, wie sie auf ihn reagieren konnten.

Postojala su dva moguća načina na koja su mogli reagirati na njega.

Eine Möglichkeit war, dass sie Angst bekommen würden.

Jedna mogućnost bila je da će se uplašiti.

Wenn sie Angst hatten, dann trug er keine Verantwortung.

Ako su bili uplašeni, onda on nije imao nikakvu odgovornost.

Und dann müsste er sich keine Sorgen mehr um die Situation machen.

I onda se ne bi morao brinuti o situaciji.

Es gab aber auch noch eine andere Möglichkeit, die man in Betracht ziehen musste.

Ali postojala je i druga mogućnost o kojoj je trebalo razmisliti.

Vielleicht würden sie ihn so, wie er war, einfach hinnehmen.

Možda bi ga mirno prihvatili takvog kakav jest.

Dann hätte auch Gregor keinen Grund, sich aufzuregen.

Tada ni Gregor ne bi imao razloga za uzrujavanje.

Es bliebe noch genügend Zeit, den Zug zu erreichen.

Još bi bilo dovoljno vremena za uhvatiti vlak.

Das Aufrechtstehen war jedoch alles andere als einfach.

Međutim, stajati uspravno nije bio nimalo lak zadatak.

Bei seinen ersten Versuchen rutschte er von der Kiste ab.

U prvih nekoliko pokušaja iskliznuo je iz kutije.

Die Kiste war zu glatt, als dass er sich dagegen stemmen konnte.

Kutija je bila preglatka da bi se mogao nasloniti na nju.

Und schließlich gab er sich noch einen letzten Anstoß, um aufzustehen.

I konačno se još jednom pogurnuo da ustane.

Er schenkte den Schmerzen in seinem Bauch keine
Beachtung mehr.
Više nije obraćao pažnju na bol u trbuhu.
Egal wie groß der Schmerz sein würde, er würde es
durchstehen.
Bez obzira na bol, proći će kroz to.
Er ließ sich gegen die Lehne eines nahegelegenen Stuhls
fallen.
Pustio je da padne na naslon obližnje stolice.
Und er hielt sich mit seinen kleinen Beinchen am Rand fest.
I držao se za rubove svojim malim nožicama.
Zu diesem Zeitpunkt hatte er sich besser im Griff.
U ovom trenutku je stekao više kontrole nad sobom.
Und sein Fall war stiller als der vorherige.
I njegov pad bio je tiši od prethodnog.
Weil er dem Manager zuhören musste.
Jer je morao slušati što je upravitelj rekao.
„Habt ihr irgendetwas davon verstanden?“, fragte er die
Eltern.
„Jeste li išta od toga razumjeli?“ upitao je roditelje.
"Er würde uns doch nicht zum Narren halten, oder?"
"Ne bi nas ismijao, zar ne?"
„Um Gottes Willen!“, rief die Mutter und weinte bereits.
„Za ime Božje“, pozvala je majka, već plačući.
„Er könnte schwer krank sein und wir quälen ihn.“
"Možda je teško bolestan i mi ga mučimo."
"Grete! Grete!", schrie sie ihrer Tochter zu.
„Grete! Grete!“ vikala je kćeri.
„Mutter?“, rief die Schwester von der anderen Seite.
„Majko?“ pozvala je sestra s druge strane.
Dann kommunizierten sie durch Gregors Zimmer.
Zatim su komunicirali preko Gregorove sobe.
„Gregor ist sehr krank und braucht Medikamente.“
"Gregor je jako bolestan i treba mu lijek."
„Sie müssen sofort zum Arzt gehen.“
"Morat ćete odmah otići liječniku."
Hast du gehört, wie Gregor eben gesprochen hat?

"Jesi li čuo kako je Gregor upravo govorio?"

„Das war die Stimme eines Tieres", sagte der Manager.

„To je bio glas životinje", rekao je upravitelj.

Seine Worte waren leise im Vergleich zu den Schreien der Mutter.

Njegove su riječi bile tihe u usporedbi s majčinim vriskovima.

"Anna! Anna!", rief der Vater durch das Vorzimmer.

„Anna! Anna!" otac je doviknuo kroz predsoblje.

Und er klatschte in die Hände, um ihre Aufmerksamkeit zu erregen.

I pljesnuo je rukama kako bi privukao njihovu pažnju.

"Holt sofort einen Schlüsseldienst!", befahl er dem Dienstmädchen.

„Odmah dovedite bravara!" naredio je sluškinji.

Die Mädchen rannten in ihren Röcken durch das Vorzimmer.

Djevojke, u suknjama, protrčale su kroz predsoblje.

Und ihre Röcke raschelten, als sie an seinem Zimmer vorbeiliefen.

I njihove su suknje šuštale dok su trčale pored njegove sobe.

„Wie konnte sich die Schwester so schnell anziehen?", dachte er.

„Kako se sestra tako brzo obukla?" pomislio je.

Die Tür war aufgerissen, aber nicht zugeschlagen.

Vrata su bila otvorena, ali nisu bila zalupljena.

Dies kommt häufig in Haushalten vor, in denen ein großes Unglück geschieht.

To je uobičajeno u domovima gdje se dogodi velika nesreća.

All das hatte Gregor jedoch deutlich ruhiger gemacht.

Ali sve je to Gregora učinilo mnogo smirenijim.

Als er seine eigenen Worte hörte, erschienen sie ihm klar.

Kad je čuo vlastite riječi, činile su mu se jasne.

Tatsächlich war er der Ansicht, seine Worte seien eigentlich klarer gewesen.

Zapravo je osjećao da su njegove riječi bile jasnije.

Die anderen aber verstanden nicht mehr, was er sagte.

Ali ostali više nisu razumjeli što govori.

Vielleicht hatte er sich inzwischen an seine Ohren gewöhnt.

Možda se do sada već navikao na svoje uši.

Aber zumindest verstanden sie seine Situation jetzt besser.

Ali barem su sada bolje razumjeli njegovu situaciju.

Sie erkannten, dass mit ihm tatsächlich etwas nicht stimmte.

Shvatili su da s njim stvarno nešto nije u redu.

Und sie taten nun alles, was sie konnten, um ihm zu helfen.

I sada su činili sve što su mogli da mu pomognu.

Dies gab Gregor ein Gefühl des Selbstvertrauens, das ihm gefehlt hatte.

To je Gregoru dalo osjećaj samopouzdanja koji mu je nedostajao.

Und er fühlte sich in der Familie wieder viel sicherer.

I ponovno se osjećao puno sigurnije u obitelji.

Er hatte das Gefühl, wieder in den menschlichen Kreis aufgenommen zu sein.

Osjećao se kao da je ponovno uključen u ljudski krug.

Nun musste er hoffen, dass der Schlüsseldienst die Tür öffnen konnte.

Sad se morao nadati da će bravar moći otvoriti vrata.

Und er hoffte, der Arzt könne solche Aufgaben ausführen.

I nadao se da liječnik može obavljati takve zadatke.

Er würde bald wieder mehr reden müssen.

Uskoro će opet morati više pričati.

Seine Stimme musste so klar wie möglich sein.

Njegov glas je morao biti što jasniji.

Zur Vorbereitung auf das Treffen räusperte er sich.

Kako bi se pripremio za sastanak, nakašljao se.

Er bemühte sich jedoch, nur sehr leise zu husten.

Međutim, trudio se kašljati samo vrlo tiho.

Das Geräusch klang möglicherweise anders als ein menschlicher Husten.

Zvuk je možda zvučao drugačije od ljudskog kašlja.

Er wusste, dass er solche Dinge nicht mehr unterscheiden konnte.

Znao je da više ne može razlikovati takve stvari.

Im Nebenzimmer war es vollkommen still geworden.

U susjednoj sobi je postalo potpuno tiho.
Die Eltern saßen wahrscheinlich am Tisch.
Roditelji su vjerojatno sjedili za stolom.
Möglicherweise flüsterten sie mit dem Manager.
Možda su šaputali s upraviteljem.
Vielleicht lehnten alle an der Tür und lauschten.
Možda su se svi naslonili na vrata i slušali.
Gregor schob den Stuhl langsam in Richtung Tür.
Gregor je polako gurnuo stolicu prema vratima.
Er stemmte sich gegen die Tür und hielt sich aufrecht.
Pritisnuo je vrata i uspravio se.
Er stellte fest, dass sich an seinen Fußsohlen ein wenig Klebstoff befand.
Saznao je da jastučići njegovih stopala imaju malo ljepila.
Und er ruhte sich dort einen Moment lang von der Anstrengung aus.
I ondje se na trenutak odmorio od napora.
Nachdem er sich ausreichend ausgeruht hatte, begann er mit der nächsten Aufgabe.
Nakon što se dovoljno odmorio, krenuo je sa sljedećim zadatkom.
Er begann, den Schlüssel mit dem Mund im Schloss zu drehen.
Počeo je okretati ključ u bravi ustima.
Leider schien er gar keine Zähne zu haben.
Nažalost, činilo se da nije imao prave zube.
Aber welche andere Möglichkeit hätte er gehabt, an die Schlüssel zu gelangen?
Ali koji je drugi način imao da zgrabi ključeve?
Zum Glück für ihn waren seine Kiefer natürlich sehr kräftig.
Srećom po njega, njegove su čeljusti naravno bile vrlo jake.
Mit Hilfe seiner Kiefermuskeln brachte er den Schlüssel tatsächlich in Bewegung.
Uz pomoć čeljusti je stvarno pokrenuo ključ.
Er hatte keinen Zweifel daran, dass er sich damit auch selbst schadete.
Nije sumnjao da i sam sebi nanosi štetu.

Weil eine braune Flüssigkeit aus seinem Mund kam.

Jer mu je iz usta izlazila smeđa tekućina.

Die braune Flüssigkeit ergoss sich über den Schlüssel und die Tür hinunter.

Smeđa tekućina tekla je preko ključa i niz vrata.

Aber Gregor kümmerte es nicht, dass er sich selbst schadete.

Ali Gregora nije bilo briga što si time šteti.

„Können Sie das hören?", fragte der Manager im Nebenraum.

„Čujete li to?" rekao je upravitelj u susjednoj sobi.

„Er dreht den Schlüssel um", hatte der Manager bemerkt.

„Okreće ključ", primijetio je upravitelj.

Diese Worte waren eine große Ermutigung für Gregor.

Ove su riječi bile velika ohrabrujuća poruka za Gregora.

Aber auch Vater und Mutter hätten rufen sollen:

Ali i otac i majka trebali su viknuti:

„Gut gemacht, Gregor!", hätten sie ihm zurufen sollen.

„Dobro, Gregor", trebali su mu viknuti.

„Immer weiter, immer weiter am Schlüssel drehen, du schaffst das."

"Samo naprijed, okreći taj ključ, možeš ti to."

Stattdessen musste Gregor sich ihre Begeisterung vorstellen.

Ali umjesto toga Gregor je morao zamisliti njihovo uzbuđenje.

Er presste die Zähne zusammen mit aller Kraft, die er hatte.

Stisnuo je čeljusti svom snagom koju je imao.

Und er drehte den Schlüssel weiter im Schloss.

I nastavio je okretati ključ u bravi.

Sein Körper wand sich schmerzhaft im Kreis.

Tijelo mu se bolno vrtjelo u krug.

Er konnte sich nur noch mit dem Mund aufrecht halten.

Sada se držao uspravno samo ustima.

Um den Schlüssel weiterzudrehen, drückte er gegen die Tür.

Da bi nastavio okretati ključ, pritisnuo je vrata.

Schließlich weckte das Knacken des Schlosses Gregor wieder auf.

Konačno je škljocanje brave ponovno probudilo Gregora.

„Ich brauchte also keinen Schlüsseldienst", seufzte er erleichtert.

„Dakle, bravar mi nije trebao", uzdahnuo je s olakšanjem.

Jetzt musste er nur noch die Tür öffnen, die er aufgeschlossen hatte.

Sad je samo trebao otvoriti vrata koja je otključao.

Und mit dem Kopf auf dem Türgriff öffnete er die Tür.

I s glavom na kvaki otvorio je vrata.

Er befand sich hinter der Tür, die in sein Zimmer führte.

Bio je iza vrata koja su vodila u njegovu sobu.

Die Tür war also schon offen, bevor man ihn sehen konnte.

Dakle, vrata su već bila otvorena prije nego što su ga mogli vidjeti.

Als Nächstes musste er sich um die Tür herummanövrieren.

Zatim se morao sam provući oko samih vrata.

Diese schwierige Bewegung erforderte auch viel Mühe.

Ovaj težak pokret također je zahtijevao mnogo truda.

Er wollte nicht ungeschickt in den nächsten Raum fallen.

Nije htio nespretno pasti u susjednu sobu.

So hatte er keine Zeit, sich auf irgendetwas anderes zu konzentrieren.

Stoga nije imao vremena obraćati pažnju na bilo što drugo.

Doch dann hörte er den Hauptsekretär laut „Oh!" ausrufen.

Ali onda je čuo glavnog službenika kako glasno izgovara "Oh!"

Es klang, als würde der Wind durchs Haus rauschen.

Zvučalo je kao da vjetar juri kroz kuću.

Er war zufällig derjenige, der der Tür am nächsten stand.

Slučajno je bio onaj najbliži vratima.

Und als er ihn nun sah, presste er die Hand an den Mund.

I sada, vidjevši ga, prislonio je ruku na usta.

Langsam bewegte er sich rückwärts, weg von Gregor.

Polako se pomaknuo unatrag, dalje od Gregora.

Aber es war, als ob eine unsichtbare Kraft auf ihn einwirkte.

Ali kao da je na njega djelovala nevidljiva sila.

Das Erste, was die Mutter tat, war, den Vater anzusehen.

Prvo što je majka učinila bilo je pogledati oca.

Trotz der Anwesenheit des Managers war ihr Haar zerzaust.

Unatoč prisutnosti menadžera, kosa joj je bila raščupana.

Sie verschränkte die Arme und machte zwei Schritte nach vorn.

Raširila je ruke i napravila dva koraka naprijed.

Doch dann brach sie mitten in ihrem Rock zusammen.

Ali onda se srušila usred suknje.

Ihr Kleid breitete sich um sie herum auf dem Boden aus.

Haljina joj se raširila oko nje po podu.

Und ihr Kopf verschwand auf ihren eigenen Brüsten.

I glava joj je nestala na vlastitim grudima.

Der Vater ballte mit feindseligem Gesichtsausdruck die Faust.

Otac je stisnuo šaku s neprijateljskim izrazom lica.

Er schien Gregor zurück in sein Zimmer drängen zu wollen.

Činilo se kao da želi da Gregora gurnu natrag u svoju sobu.

Dann blickte er unsicher im Wohnzimmer umher.

Zatim je nesigurno pogledao po dnevnoj sobi.

Und schließlich bedeckte er seine Augen mit den Händen.

I na kraju je pokrio oči među rukama.

Und er weinte bitterlich, bis seine mächtige Brust erbebte.

I gorko je plakao dok mu se moćna prsa nisu zatresla.

Gregor betrat ihr Zimmer tatsächlich gar nicht.

Gregor zapravo uopće nije ušao u njihovu sobu.

Stattdessen lehnte er sich an den Türrahmen.

Umjesto toga, naslonio se na okvir vrata.

Von außen war nur die Hälfte seines Körpers sichtbar.

Samo polovica njegova tijela bila je vidljiva onima vani.

Und auf seinem Körper befand sich sein Kopf, zur Seite geneigt.

A na vrhu tijela bila mu je glava, nagnuta u stranu.

Das Licht war inzwischen viel heller geworden als zuvor.

Do sada je svjetlo postalo mnogo jače nego prije.

Man konnte nun deutlich die andere Straßenseite sehen.

Sada se jasno mogla vidjeti druga strana ulice.

Ein Teil des endlosen, grauen Krankenhauses gab sich zu erkennen.

Otkrio se dio beskrajne, sive bolnice.
Der Morgenregen hatte noch nicht ganz aufgehört.
Jutarnja kiša još nije sasvim prestala padati.
Doch nun waren die Regentropfen größer und weiter voneinander entfernt.
Ali sada su kapi kiše bile veće i dalje jedna od druge.
Das Frühstücksbuffet war in Hülle und Fülle vorhanden.
Jela za doručak bila su na stolu u izobilju.
Der Vater hielt das Frühstück für die wichtigste Mahlzeit.
Otac je smatrao doručak najvažnijim obrokom.
Das Frühstück war eine Mahlzeit, die er stundenlang in die Länge zog.
Doručak je bio obrok koji je odugovlačio satima.
Und in diesen Stunden las er die verschiedenen Zeitungen.
I u tim je satima čitao razne novine.
Direkt gegenüber hing ein Foto von Gregor.
Na suprotnom zidu visjela je Gregorova fotografija.
Das Foto an der Wand zeigte ihn als Leutnant.
Fotografija na zidu prikazivala ga je kao poručnika.
Es war ein Foto aus seiner Zeit beim Militär.
Bila je to slika iz vremena koje je proveo u vojsci.
Seine Hand ruhte auf seinem Schwert, und er hatte ein unbeschwertes Lächeln im Gesicht.
Ruka mu je bila na maču, a na licu mu se ležerno smiješio.
Seine Haltung und seine Uniform flößten einen gewissen Respekt ein.
Njegovo držanje i uniforma zahtijevali su određeno poštovanje.
Die andere Tür, die zum Vorzimmer führte, war ebenfalls offen.
Druga vrata koja su vodila u predsoblje također su bila otvorena.
Und die Tür zur Wohnung war auch noch offen.
I vrata stana su još uvijek bila otvorena.
Man konnte bis zum Vorhof des Wohnhauses sehen.
Moglo se vidjeti sve do prednjeg dvorišta stana.
Und dann führte die Treppe hinunter auf die Straße.

A onda su stepenice vodile dolje na ulicu.

Gregor war der Einzige, der die Fassung bewahrt hatte.

Gregor je bio jedini koji je zadržao prisebnost.

Er hat das gesehen, daher lag die Verantwortung für das Gespräch bei ihm.

Vidio je to, pa je razgovor bio njegova odgovornost.

"So, ich werde mich jetzt für die Arbeit anziehen", sagte er.

„Pa, sad ću se obući za posao", rekao je.

„Sobald ich die Textilmuster verpackt habe, werde ich abreisen."

"Nakon što spakiram uzorke tekstila, otići ću."

"Beabsichtigen Sie immer noch, mich zu entlassen, Herr Prokurist?"

"Gospodine Prokurist, još uvijek namjeravate li me otpustiti?"

„Wie Sie sehen, bin ich nicht so stur, wie Sie dachten."

"Kao što vidiš, nisam tako tvrdoglav kao što si mislio."

„Und Sie können sehen, dass ich doch gerne arbeite."

"I vidiš da ipak volim raditi."

„Ich kann zugeben, dass Reisen aus beruflichen Gründen nicht einfach ist."

"Mogu priznati da putovanje zbog posla nije lako."

„Aber ich kann auch akzeptieren, dass es Teil meines Jobs ist."

"Ali mogu prihvatiti i da je to dio mog posla."

"Manager, wo gehen Sie hin? Zurück ins Büro?"

"Menadžeru, kamo idete? Natrag u ured?"

„Werden Sie alles, was Sie gesehen haben, wahrheitsgemäß berichten?"

"Hoćete li istinito izvijestiti o svemu što ste vidjeli?"

„Manchmal kommt es vor, dass man nicht zur Arbeit gehen kann."

"Ponekad se dogodi da netko ne može ići na posao."

„Das ist der richtige Zeitpunkt, um sich an vergangene Erfolge zu erinnern."

"To je pravo vrijeme da se prisjetimo prošlih postignuća."

„Nachdem die Schwierigkeit beseitigt wurde, funktioniert es sogar noch besser."

"Nakon uklanjanja teškoće, čovjek radi još bolje."
„Mein Fleiß und meine Konzentration werden zunehmen."
"Moja marljivost i koncentracija će se povećati."
"Sie wissen ganz genau, dass ich dem Chef etwas schulde."
"Dobro znaš da sam dužan šefu."
„Aber ich mache mir auch Sorgen um meine Eltern und
meine Schwester."
"Ali također, brinem se za svoje roditelje i sestru."
„Ich stecke in einer schwierigen Lage, aber ich werde einen
Weg finden, da wieder herauszukommen."
"U teškoj sam situaciji, ali izvući ću se iz nje."
„Macht es nicht noch schwieriger, als es ohnehin schon ist."
"Nemoj ovo činiti težim nego što već jest."
„Als Kollegen müssen wir uns auch gegenseitig helfen."
"Kao kolege na radu, i mi moramo pomagati jedni drugima."
„Ich weiß, dass die Büroangestellten die Reisenden nicht
mögen."
"Znam da uredski radnici ne vole putnike."
„Ihr glaubt, wir verdienen ein Vermögen und führen ein
gutes Leben."
"Misliš da zarađujemo bogatstvo i vodimo dobre živote."
„Sie haben keinen wirklichen Grund, ihre Vorurteile zu
hinterfragen."
"Nemaju pravog razloga da uzmu u obzir svoje predrasude."
„Sie als befugter Beamter haben jedoch eine andere Rolle."
"Ali vi, ovlašteni službeniče, imate drugačiju ulogu."
„Sie haben einen besseren Überblick als die anderen
Mitarbeiter."
"Imate bolji pregled od ostalog osoblja."
„Tatsächlich glaube ich, dass Sie den besten Überblick
haben."
"Zapravo mislim da možda imate najbolji pregled."
„Sie haben einen besseren Überblick als der Chef selbst."
"Imaš bolji pregled od samog šefa."
„Ich gebe zu, dass der Chef die unternehmerische Arbeit
leistet."
"Priznajem da šef obavlja poduzetnički posao."

„Aber es ist leicht, dass seine Urteile in die Irre geführt werden."

"Ali lako je da njegovi sudovi budu pogrešni."

„Und diese kleinen Fehleinschätzungen können uns zum Nachteil gereichen."

"I te male pogrešne procjene mogu nam biti na štetu."

„Sie wissen ja, wie leicht es ist, über den Reisenden zu sprechen."

"Znaš kako je lako govoriti o putniku."

„Er ist nicht da, um seinen Ruf vor Gerüchten zu verteidigen."

"On nije tamo da brani svoj ugled od tračeva."

„Diese Anschuldigungen können leicht nur Zufälle sein."

"Ove optužbe lako mogu biti samo slučajnosti."

„Viele Beschwerden beruhen nicht einmal auf irgendeiner Wahrheit."

"Mnoge pritužbe nisu ni utemeljene na istinama."

„Er ist fast das ganze Jahr über nicht im Büro."

"Gotovo cijelu godinu nije u uredu."

Welche Chance hat er, seinen Ruf zu verteidigen?

"Kakve šanse ima obraniti vlastiti ugled?"

„Er erfährt gar nichts von den Anschuldigungen."

"On čak ni ne čuje za optužbe."

„Er erfährt erst, was gesagt wurde, wenn es zu spät ist."

"On saznaje što je rečeno kad je prekasno."

„Zu diesem Zeitpunkt ist er von der Tagesreise völlig erschöpft."

"Do tada je već iscrpljen od cjelodnevnog putovanja."

„Er muss die schrecklichen Konsequenzen trotzdem am eigenen Leib erfahren."

"Ionako mora iskusiti strašne posljedice."

„Auch wenn er keine Möglichkeit hat, das Problem zu verstehen."

"Iako nema načina da shvati problem."

"Oh Manager, gehen Sie nicht, ohne mir ein Wort zu sagen."

"O, menadžere, nemoj otići bez da mi kažeš ijednu riječ."

„Sag mir wenigstens, dass du mir teilweise zustimmst."

"Barem mi reci da se djelomično slažeš sa mnom."
Der Manager hatte sich aber schon viel früher von Gregor abgewandt.
Ali menadžer se mnogo ranije okrenuo od Gregora.
Seine Schulter zuckte, als er Gregor anblickte.
Rame mu se trznulo kad je ponovno pogledao Gregora.
Und er blieb während der gesamten Rede kein einziges Mal stehen.
I nijednom nije stajao mirno tijekom govora.
Er hatte Gregor mit zusammengepressten Lippen angesehen.
Gledao je Gregora stisnutih usana.
Er hatte sich allmählich in Richtung Tür zurückgezogen.
Polako se povlačio prema vratima.
Aber auch er konnte den Blick nicht von Gregor abwenden.
Ali ni on nije mogao skinuti pogled s Gregora.
Er hatte das Gefühl, es gäbe ein geheimes Verbot, den Raum zu verlassen.
Osjećao se kao da postoji tajna zabrana izlaska iz sobe.
Zu diesem Zeitpunkt befand er sich aber bereits in der Eingangshalle.
Ali u ovoj fazi već je bio u ulaznom hodniku.
Und nun machte er eine plötzliche Bewegung in Richtung Ausgang.
I sada je napravio nagli pokret prema izlazu.
Er streckte seine rechte Hand in Richtung der Treppe aus.
Ispružio je desnu ruku prema stepenicama.
Vielleicht wartete eine übernatürliche Macht darauf, ihn zu retten.
Možda ga je neka nadnaravna sila čekala da ga spasi.
Gregor wusste, dass er ihn so nicht gehen lassen konnte.
Gregor je znao da mu ne može dopustiti da ovako ode.
Der Manager darf nicht in der Stimmung zurückkehren, in der er sich befand.
Upravitelj se ne smije vratiti u raspoloženju u kakvom je bio.
Gregors Arbeitsplatz war stark gefährdet.
Sigurnost Gregorovog posla bila je uvelike ugrožena.
Die Eltern konnten das alles nicht vollständig verstehen.

Roditelji nisu mogli u potpunosti razumjeti sve to.

Über die Jahre hatten sie sich an seine Arbeitsplatzsicherheit gewöhnt.

Tijekom godina navikli su se na sigurnost njegovog posla.

Und sie waren davon überzeugt, dass er den Job auf Lebenszeit hatte.

I bili su uvjereni da ima posao doživotno.

Stattdessen hatten sie sich mit anderen Sorgen beschäftigt.

Umjesto toga, bili su zaokupljeni drugim brigama.

Doch diese Bedenken führten dazu, dass sie jegliche Weitsicht verloren.

Ali te brige su ih dovele do toga da izgube svaku predviđanje.

Gregor hatte jedoch die elterliche Weitsicht nicht verloren.

Gregor, međutim, nije izgubio roditeljsku predviđanje.

Jemand musste den Bevollmächtigten stoppen.

Netko je morao zaustaviti ovlaštenog predstavnika.

Er musste ihn beruhigen und überzeugen.

Morat će ga smiriti i uvjeriti.

Davon hing die Zukunft von Gregor und seiner Familie ab!

Budućnost Gregora i njegove obitelji ovisila je o tome!

Wenn doch nur die kluge Schwester da gewesen wäre, um zu helfen.

Kad bi samo inteligentna sestra bila tu da pomogne.

Sie hatte schon geweint, als Gregor noch in seinem Zimmer war.

Već je plakala dok je Gregor još bio u svojoj sobi.

Zu diesem Zeitpunkt lag er einfach nur ruhig auf dem Rücken.

U tom trenutku samo je mirno ležao na leđima.

Sie wusste damals schon um die Bedeutung der Situation.

Već je tada znala važnost situacije.

Der Manager hatte bekanntermaßen eine Schwäche für Frauen.

Menadžer je imao dobro poznatu slabost prema ženama.

Sie hätte ihn leicht dazu überreden können, länger zu bleiben.

Lako ga je mogla nagovoriti da ostane dulje.

Sie hätte die Tür geschlossen und ihn wieder hineingeführt.

Zatvorila bi vrata i uvela ga natrag unutra.

Doch leider war die Schwester bereits aufgebrochen, um einen Arzt zu holen.

Ali nažalost, sestra je otišla po liječnika.

Deshalb blieb Gregor nichts anderes übrig, als es selbst zu tun.

Stoga Gregor nije imao drugog izbora nego to učiniti sam.

Er hatte nicht bedacht, welche Fähigkeiten er tatsächlich besaß.

Nije razmišljao o tome kakve su mu zapravo sposobnosti.

Und er hatte vergessen, seiner Fähigkeit zu sprechen zu misstrauen.

I zaboravio je sumnjati u svoju sposobnost govora.

Dennoch verließ er die Sicherheit seines Zimmers.

Ali ipak, napustio je sigurnost svoje sobe.

Und er drängte sich durch die Öffnung des Zimmers.

I progurao se kroz otvor sobe.

Der Manager war bereits auf dem Weg die Treppe hinunter.

Upravitelj je već silazio niz stepenice.

Aber er hielt sich mit beiden Händen am Geländer fest.

Ali se objema rukama držao za ogradu.

Gregor stürzte, als er sich durch die Tür schob.

Gregor je pao dok se gurao kroz vrata.

Er stieß einen kleinen Schrei aus, als er nach Halt griff.

Ispustio je tihi krik dok se hvatao za oslonac.

Doch anstatt in Panik zu geraten, verspürte er ein körperliches Wohlbefinden.

Ali umjesto panike, osjećao je fizičko blagostanje.

Zum ersten Mal an diesem Morgen fühlte sich etwas richtig an.

Prvi put tog jutra nešto se činilo ispravnim.

Alle seine Beine standen nun auf festem Boden.

Sve njegove noge sada su imale čvrsto tlo pod sobom.

Er war überrascht, wie gut er seine Beine kontrollieren konnte.

Bio je iznenađen koliko dobro može kontrolirati noge.

Er freute sich, festzustellen, dass seine Beine ihm vollkommen gehorchten.

Bio je sretan kad je primijetio da ga noge potpuno slušaju.

Tatsächlich trugen ihn seine Beine überall hin, wo er hinwollte.

Zapravo, noge su ga nosile kamo god je htio.

Bald würden all seine Sorgen ein Ende finden.

Uskoro je svim njegovim tugama došao kraj.

Doch im selben Augenblick sprang seine eigene Mutter auf.

Ali u istom trenutku njegova vlastita majka skočila je.

Ihre Arme waren ausgestreckt und ihre Finger gespreizt.

Ruke su joj bile ispružene, a prsti rašireni.

Und sie schrie: „Hilfe, um Gottes willen, helft mir!"

I vrisnula je: "Upomoć, za ime Božje, neka mi netko pomogne!"

Sie neigte den Kopf; sie wollte Gregor besser sehen.

Nagnula je glavu; htjela je bolje vidjeti Gregora.

Doch im Gegensatz zu ihrer ersten Handlung rannte sie zurück.

Ali kao posljedica prve akcije, potrčala je natrag.

Sie hatte vergessen, dass der Tisch hinter ihr gedeckt war.

Zaboravila je da je stol postavljen iza nje.

Alle Speisen fürs Frühstück standen noch auf dem Tisch.

Sve stvari za doručak još su bile na stolu.

Sie setzte sich hastig auf den Tisch, als sei sie abgelenkt.

Brzo je sjela na stol, kao da je rastresena.

Und sie schien den verschütteten Kaffee nicht zu bemerken.

I činilo se da nije primijetila prolivenu kavu.

Der Kaffee, der inzwischen in den Teppich eingezogen war.

Kava koja je sada upijala tepih.

„Mutter, Mutter", sagte Gregor leise und blickte zu ihr auf.

„Mama, mama", reče Gregor tiho, pogledavši je.

Im Moment war ihm der Manager nicht wichtig.

Za sada mu menadžer nije bio važan.

Aber da war auch noch der Kaffee, der auf den Teppich tropfte.

Ali i kava je kapala na tepih.

Gregor konnte nicht widerstehen und schnappte nach dem Kaffee.

Gregor nije mogao odoljeti da ne škljoca čeljustima prema kavom.

Die Mutter fing wegen seines Verhaltens wieder an zu weinen.

Majka je ponovno počela plakati zbog njegovog ponašanja.

Sie sprang vom Tisch, um Abstand von ihm zu gewinnen.

Skočila je sa stola kako bi se distancirala od njega.

Und sie rannte in die Arme ihres Vaters, um Schutz zu suchen.

I potrčala je u zagrljaj oca, tražeći sigurnost.

Doch Gregor hatte jetzt keine Zeit mehr für seine Eltern.

Ali Gregor sada nije imao vremena za roditelje.

Der zuständige Beamte befand sich bereits auf der Treppe.

Ovlašteni službenik već je bio na stubama.

Er hatte sein Kinn auf dem Geländer, um ins Haus zu schauen.

Naslonio je bradu na ogradu kako bi mogao vidjeti u kuću.

Offenbar wollte er sich das Spektakel noch ein letztes Mal ansehen.

Očito je želio još jednom pogledati taj spektakl.

Und Gregor unternahm einen letzten Versuch, den Manager zu erreichen.

I Gregor je učinio posljednji pokušaj da dođe do upravitelja.

Er rannte so sicher wie möglich zur Tür.

Potrčao je prema vratima što je sigurnije mogao.

Aber der Hauptsekretär muss etwas geahnt haben.

Ali glavni službenik je morao nešto posumnjati.

Denn er sprang mehrere Stufen hinunter und verschwand.

Jer je skočio niz nekoliko stepenica i nestao.

"Huh!", rief Gregor, und sein Ruf hallte durch das Treppenhaus.

„Huh!" viknuo je Gregor, odjekujući kroz stubište.

Die Flucht des Managers schien auch seinen Vater zu verwirren.

Upraviteljev bijeg kao da je zbunio i njegovog oca.

Bis dahin war es ihm gelungen, recht gefasst zu bleiben.

Do tada je uspio ostati prilično smiren.

Doch leider verlor auch er die Fassung, die er zuvor besessen hatte.

Ali nažalost, i on je izgubio prisebnost koju je imao.

Er hätte Gregor bei seinem Vorhaben helfen sollen.

Ono što je trebao učiniti jest pomoći Gregoru u njegovoj potjeri.

Doch er packte den Gehstock des Managers mit einer Hand.

Ali, zgrabio je upraviteljev štap za hodanje jednom rukom.

In seiner anderen Hand hielt er nun eine Zeitung.

A u drugoj ruci sada je držao novine.

Und nun behinderte er Gregor direkt bei seinem Vorhaben.

I sada je izravno ometao Gregora u njegovoj potjeri.

Er hatte sich zwischen Gregor und die Straße gestellt.

Postavio se između Gregora i ulice.

Er stampfte mit den Füßen auf und fuchtelte mit dem Stock und der Zeitung herum.

Lupao je nogama i mahao štapom i novinama.

Und er zwang Gregor aktiv zurück in sein Zimmer.

I aktivno je prisiljavao Gregora natrag u svoju sobu.

Keine der Bitten, die Gregor äußerte, half.

Nijedan od zahtjeva koje je Gregor pokušao uputiti nije pomogao.

Weil keines seiner Anliegen verstanden wurde.

Jer nijedan od njegovih zahtjeva nije bio shvaćen.

Er wandte den Kopf in eine tiefere, demütigere Haltung.

Okrenuo je glavu pod dubljim, skromnijim kutom.

Doch sein Vater antwortete, indem er noch heftiger mit den Füßen aufstampfte.

Ali njegov otac je odgovorio još jače lupajući nogama.

Die Mutter öffnete trotz des kühlen Wetters ein Fenster.

Majka je otvorila prozor, unatoč hladnom vremenu.

Und sie presste ihr Gesicht in die Hände vor Kälte.

I pritisnula je lice u ruke na hladnoći.

Der Wind konnte nun durch die gesamte Wohnung strömen.

Vjetar je sada mogao proći kroz cijeli stan.

Ein starker Luftzug wehte vom Treppenhaus in die Gasse.
Jak propuh puhao je sa stubišta prema uličici.
Die Vorhänge wurden vom starken Wind hin und her bewegt.
Zavjese su lepršale od jakog vjetra.
Und die Zeitung auf dem Tisch raschelte im Wind.
I novine na stolu šuštale su na vjetru.
Sogar einige Blätter wurden von draußen ins Haus geweht.
Čak je i nešto lišća upalo u kuću izvana.
Der Vater stampfte mit den Füßen und schob unerbittlich.
Otac je lupao nogama i neumoljivo gurao.
Und er zischte und gab Geräusche von sich, wie es ein Wilder tun würde.
I siktao je i ispuštao zvukove poput divljaka.
Gregor hatte das Rückwärtsgehen aber noch nicht geübt.
Ali Gregor još nije vježbao hodanje unatrag.
Selbst Gregor würde zugeben, dass diese Bewegung wesentlich langsamer vonstatten ging.
Čak bi i Gregor priznao da je ovaj pokret bio mnogo sporiji.
Doch alles, was er wollte, war die Gelegenheit, umzukehren.
Sve što je želio bila je prilika da se okrene.
Dann wäre er sofort in sein Zimmer gegangen.
Onda bi odmah otišao u svoju sobu.
Aber er hatte zu große Angst, seinen Vater ungeduldig zu machen.
Ali previše se bojao da će oca učiniti nestrpljivim.
Und es bestand die Drohung mit einem Schlag mit dem Stock.
I postojala je prijetnja udarcem štapom.
Ein solcher Schlag auf den Hinterkopf könnte tödlich sein.
Takav udarac u potiljak mogao bi biti fatalan.
Am Ende blieb Gregor jedoch keine andere Wahl.
Ali na kraju Gregor nije imao drugog izbora.
Ihm wurde klar, dass er nicht einmal mehr geradeaus rückwärts gehen konnte.
Shvatio je da ne može ni hodati ravno unatrag.
Er begann sich so schnell wie möglich umzudrehen.

Počeo se okretati što je brže mogao.

Doch in Wirklichkeit war diese Drehbewegung genauso langsam.

Ali u stvarnosti je ovo okretanje bilo jednako sporo.

Und ihm folgten die besorgten Blicke des Vaters.

I pratili su ga očevi zabrinuti pogledi.

Vielleicht bemerkte der Vater Gregors gute Absichten.

Možda je otac primijetio Gregorove dobre namjere.

Weil er ihn nicht daran hinderte, sich umzudrehen.

Jer ga nije ometao da se okrene.

Er benutzte sogar die Spitze seines Stocks, um die Drehung zu steuern.

Čak je koristio vrh štapa kako bi vodio rotaciju.

Gregor wünschte sich aber dennoch, sein Vater hätte ihn nicht angefaucht!

Ali Gregor je ipak želio da otac nije siktao na njega!

Das Zischen trug nur noch zur Verwirrung des Augenblicks bei.

Šištanje je samo doprinijelo zbunjenosti trenutka.

Und dann unterlief ihm ein Fehler, und er bog in die falsche Richtung ab.

A onda je napravio grešku i skrenuo u krivom smjeru.

Am Ende gelang es ihm schließlich doch, den richtigen Weg einzuschlagen.

Na kraju se ipak uspio okrenuti u pravom smjeru.

Und er war zufrieden mit den Fortschritten, die er gemacht hatte.

I bio je zadovoljan napretkom koji je postigao.

Doch dann trat das nächste Problem noch deutlicher zutage.

Ali onda je sljedeći problem postao još očitiji.

Sein Körper war zu breit, um problemlos durch die Tür zu passen.

Tijelo mu je bilo preširoko da bi lako prošlo kroz vrata.

In seinem jetzigen Zustand bemerkte der Vater dies nicht.

U svom trenutnom stanju otac to nije primijetio.

Deshalb kam es ihm nicht in den Sinn, die Tür weiter zu öffnen.

Stoga mu nije palo na pamet da dalje otvori vrata.

Dann wäre genügend Platz für Gregor gewesen.

Tada bi bilo dovoljno mjesta za Gregora.

Seine einzige Priorität war es, Gregor in sein Zimmer zu bringen.

Njegov jedini prioritet bio je dovesti Gregora u svoju sobu.

Er hätte aufstehen müssen, um durch die Tür zu passen.

Morao bi ustati da bi prošao kroz vrata.

Der Vater hätte ein solches Manöver jedoch nicht zugelassen.

Ali otac ne bi dopustio takav manevar.

Tatsächlich fauchte er ihn noch heftiger an als zuvor.

Zapravo je siktao na njega još divlje nego prije.

Es klang nach mehr als nur einem Mann, der ihn anzischt.

Zvučalo je kao da mu sikće više od samo jednog čovjeka.

Seine Forderungen schienen nun an Dringlichkeit gewonnen zu haben.

Činilo se da njegovi zahtjevi imaju novu hitnost iza sebe.

Für Spielereien war jetzt wirklich keine Zeit mehr.

Sada stvarno više nije bilo vremena za zezanje.

Was auch immer geschah, Gregor musste durch die Tür gelangen.

Što god se dogodilo, Gregor je morao proći kroz vrata.

Er kämpfte sich ohne jegliche Rücksicht auf sich selbst durch.

Progurao se bez imalo samoobzira.

Durch die Bewegung wurde eine Seite seines Körpers nach oben gedrückt.

Jedna strana njegovog tijela bila je prisiljena prema gore zbog pokreta.

Und er lag unbeholfen und schief zwischen den Türrahmen.

I ležao je nespretno i nakrivljeno između vrata.

Eine seiner Flanken war am Holz wundgescheuert.

Jedan mu je bok bio grubo ogreban o drvo.

Und er hatte hässliche Flecken auf der weiß gestrichenen Tür hinterlassen.

I ostavio je ružne mrlje na bijelo obojenim vratima.

Auf einer Seite seines Körpers hingen die Beine zitternd in der Luft.

Noge na jednoj od njegovih strana drhtavo su visjele u zraku.

Seine anderen Beine drückten schmerzhaft gegen den Boden.

Druge su mu noge bile bolno pritisnute o pod.

Bald würde er vollständig zwischen den Türen eingeklemmt sein.

Uskoro će se potpuno zaglaviti između vrata.

Und dann hätte er sich überhaupt nicht mehr bewegen können.

I onda se uopće ne bi mogao pomaknuti.

Doch der Vater gab ihm einen wahrhaft befreienden, starken Anstoß.

Ali otac mu je dao uistinu oslobađajući snažan poticaj.

Und er stürzte, stark blutend, tief in sein Zimmer hinein.

I pao je, jako krvareći, daleko u svoju sobu.

Der Vater knallte die Tür hinter sich mit seinem Stock zu.

Otac je zalupio vrata za sobom štapom.

Und dann kehrte endlich wieder Ruhe ein.

I onda je konačno opet zavladao mir i tišina.

Teil Zwei
Drugi dio

Gregor wachte erst viel später am Tag auf.
Gregor se nije probudio sve do mnogo kasnije tijekom dana.
Die Dämmerung war hereingebrochen; er hatte tief und fest geschlafen.
Pao je sumrak; spavao je teško i nesvjesno.
Er wäre auch ohne Störung aufgewacht.
Probudio bi se čak i bez da ga itko uznemirava.
Denn er fühlte sich ausreichend ausgeruht und gut geschlafen.
Jer se osjećao dovoljno odmornim i dobro naspavanim.
Aber er glaubte, draußen flüchtige Schritte zu hören.
Ali mislio je da vani čuje neke kratke korake.
Und vielleicht hat jemand die Haustür sorgfältig geschlossen.
I netko je možda pažljivo zatvorio ulazna vrata.
Das Licht der elektrischen Straßenbahn lag blass an der Decke.
Svjetlost električnog tramvaja blijedo je ležala na stropu.
Auch die Oberseite der Möbel wurde ein wenig beleuchtet.
Vrh namještaja također je dobio malo svjetla.
Doch unten am Boden, auf Gregors Höhe, war es dunkel.
Ali dolje na tlu, na Gregorovoj razini, bilo je mračno.
Seine Beine schoben ihn langsam wieder in Richtung Tür.
Noge su ga polako ponovno gurale prema vratima.
Er war sehr neugierig, zu sehen, was dort geschehen war.
Bio je jako znatiželjan vidjeti što se tamo dogodilo.
Seine Kontrolle über seine Fühler war jedoch noch nicht entwickelt.
Ali njegova kontrola nad osjetilima još nije bila razvijena.
Obwohl er diese neuen Sensoren allmählich zu schätzen begann.
Iako je počeo cijeniti ove nove senzore.
Eine lange, unansehnliche Narbe schien seine linke Seite hinunterzulaufen.

Dugačak, neugodan ožiljak kao da se protezao niz njegovu lijevu stranu.

Die Narbe fühlte sich an, als würde sie diese Seite seines Körpers einengen.

Ožiljak kao da mu je stezao tu stranu tijela.

Und so musste er buchstäblich auf seinen zwei Beinreihen humpeln.

I tako je doslovno morao šepati na svoja dva reda nogu.

Eines seiner Beine war an diesem Morgen schwer verletzt worden.

Tog jutra mu je bila teško ozlijeđena jedna noga.

Es war wirklich ein Wunder, dass er sich nicht noch mehr Beine gebrochen hatte.

Pravo je čudo što nije slomio još nekoliko nogu.

Und so schleppte er sein verletztes Bein leblos hinter sich her.

I tako je beživotno vukao ozlijeđenu nogu za sobom.

Als er die Tür erreichte, erkannte er etwas Tiefgreifendes.

Kad je stigao do vrata, shvatio je nešto dubokoumno.

Es war der Geruch von etwas, der ihn dorthin gelockt hatte.

Bio je to miris nečega što ga je namamilo tamo.

In Gregors Zimmer war etwas Essbares für ihn hinterlassen worden.

Nešto jestivo bilo je ostavljeno za Gregora u njegovoj sobi.

Stückchen Weißbrot schwimmen in einer Schüssel mit süßer Milch.

Komadići bijelog kruha plutaju u zdjeli slatkog mlijeka.

Er konnte seine innere Freude kaum verbergen.

Jedva je mogao obuzdati radost koja je tinjala u njemu.

Er war jetzt noch hungriger als am Morgen.

Sada je bio još gladniji nego ujutro.

Er tauchte sofort seinen Kopf in die Schüssel mit Milch.

Odmah je zaronio glavu u zdjelu s mlijekom.

Die Milch quoll ihm fast über den ganzen Kopf, bis zu den Augen.

Mlijeko mu je izronilo gotovo cijelom glavom, sve do očiju.

Doch schon bald riss er den Kopf zurück, bitter enttäuscht.

Ali ubrzo je zabacio glavu, gorko razočaran.

Das Essen war aufgrund seiner empfindlichen linken Seite schwierig.

Jesti je bilo teško zbog njegove osjetljive lijeve strane.

Und er konnte nur essen, indem er mit dem ganzen Körper keuchte.

I mogao je jesti samo dahćući svim tijelom.

Das war jedoch nicht der wahre Grund für seine Enttäuschung.

Ali to nije bio pravi razlog njegovog razočaranja.

Milch war schon immer eines seiner Lieblingsgerichte gewesen.

Mlijeko je oduvijek bilo jedno od njegovih omiljenih jela.

Er hatte keinen Zweifel daran, dass seine Schwester sich daran erinnerte.

Nije sumnjao da se njegova sestra toga sjetila.

Und das war der Grund, warum sie ihm Milch gegeben hatte.

I to je bio razlog zašto mu je dala mlijeko.

Er konnte nicht erklären, warum er Milch jetzt nicht mehr mochte.

Nije mogao objasniti zašto sada ne voli mlijeko.

Und er wandte sich fast widerwillig von der Schüssel ab.

I okrenuo se od zdjele gotovo s nevoljkošću.

Enttäuscht kroch er zurück in die Mitte des Raumes.

Razočaran, otpuzao je natrag do sredine sobe.

Hier konnte er durch den Türspalt hindurchsehen.

Ovdje je mogao vidjeti kroz pukotinu na vratima.

Er konnte sehen, dass im Wohnzimmer das Feuer brannte.

Mogao je vidjeti da je vatra u dnevnoj sobi bila upaljena.

Gewöhnlich las der Vater um diese Zeit die Zeitung.

Obično je u to vrijeme otac čitao novine.

Er las seiner Mutter immer mit erhobener Stimme vor.

Uvijek je čitao majci povišenim glasom.

Manchmal lauschte auch die Schwester dem Vater.

Ponekad je i sestra prisluškivala oca.

Sie hatte Gregor immer von diesem Vorlesen erzählt.

Uvijek je Gregoru pričala o ovom čitanju naglas.
Doch heute war aus dem Zimmer kein Laut zu hören.
Ali danas iz sobe nije dopirao nikakav zvuk.
Vielleicht war diese Gewohnheit bereits in Vergessenheit geraten.
Možda je ta navika već izašla iz prakse.
Eine tiefe Stille hatte sich über die gesamte Wohnung gelegt.
Duboka tišina zavladala je cijelim stanom.
Obwohl er wusste, dass die Wohnung ganz sicher nicht leer war.
Iako je znao da stan sigurno nije prazan.
„Was für ein ruhiges Leben die Familie doch führte", dachte Gregor.
„Kakav miran život vodi obitelj", pomislio je Gregor.
Und er blickte mit großem Stolz in die Dunkelheit.
I zurio je u tamu s velikim ponosom.
Er war stolz auf das Leben, das er ihnen hatte ermöglichen können.
Bio je ponosan na život koji im je mogao pružiti.
Er war stolz auf die schöne Wohnung, in der sie lebten.
Bio je ponosan na prekrasan stan u kojem su živjeli.
Doch sollte dieser Frieden nun ein schreckliches Ende nehmen?
Ali je li sav taj mir trebao doći do strašnog kraja?
Würde man ihnen ihren Wohlstand nehmen?
Hoće li im se oduzeti blagostanje?
War ihre Zufriedenheit nun in Zukunft ungewiss?
Je li njihovo zadovoljstvo u budućnosti sada bilo neizvjesno?
Doch er wollte sich nicht in solchen Gedanken verlieren.
Ali nije se htio izgubiti u takvim mislima.
Um sich die Zeit zu vertreiben, kroch er die Wände rauf und runter.
Da bi se nečim zaokupio, puzao je gore-dolje po zidovima.
Im Laufe des langen Abends wurde eine Tür einen Spalt breit geöffnet.
Tijekom duge večeri jedna su vrata bila lagano otvorena.

Und zu einem anderen Zeitpunkt öffnete sich die andere Tür einen Spaltbreit.
I u drugom trenutku druga vrata su se malo otvorila.
Doch beide Male wurden die Türen schnell wieder geschlossen.
Ali oba puta vrata su se brzo ponovno zatvorila.
Offenbar hatte jemand draußen den Wunsch, hereinzukommen.
Očito je netko izvana imao želju ući.
Aber sie hatten auch zu viele Bedenken, hereinzukommen.
Ali imali su i previše briga oko dolaska.
Gregor blieb nun direkt vor der Wohnzimmertür stehen.
Gregor se sada zaustavio ravno na vratima dnevne sobe.
Er war fest entschlossen, den zögernden Besucher irgendwie zu verführen.
Bio je odlučan nekako privući oklijevajućeg posjetitelja.
Und er wollte auch wissen, wer der Besucher gewesen war.
A također je htio znati tko je bio posjetitelj.
Doch an diesem Abend wurde die Tür kein drittes Mal geöffnet.
Ali te večeri vrata se nisu otvorila treći put.
Und Gregor verbrachte seine Zeit vergeblich damit, an der Tür zu warten.
I Gregor je uzalud provodio vrijeme čekajući kraj vrata.
Früher am Tag wollten sie alle in den Raum kommen.
Ranije tog dana svi su htjeli ući u sobu.
Jetzt, da die Türen unverschlossen waren, würde es ihnen leichter fallen.
Sad kad su vrata bila otključana, bit će im lakše.
Aber sie entschieden sich dafür, auf der anderen Seite des Raumes zu bleiben.
Ali odlučili su ostati na drugoj strani sobe.
Gregor bemerkte, dass die Schlüssel nicht mehr in ihren Schlössern steckten.
Gregor je primijetio da ključevi više nisu u njihovim bravama.
Jemand muss die Schlüssel zum Außenschloss umgesteckt haben.

Netko je vjerojatno premjestio ključeve na vanjsku bravu.

Erst spät in der Nacht wurde das Licht im Wohnzimmer ausgeschaltet.

Tek kasno navečer ugašeno je svjetlo u dnevnoj sobi.

Die Familie muss die ganze Zeit wach geblieben sein.

Obitelj je vjerojatno cijelo vrijeme ostala budna.

Und Gregor konnte deutlich hören, wie sie sich auf Zehenspitzen davonschlichen.

I Gregor ih je jasno čuo kako se udaljavaju na prstima.

Nun würde bis zum Morgen niemand zu Gregor kommen.

Sada nitko neće doći Gregoru do jutra.

So hatte er lange Zeit für sich, um ungestört nachzudenken.

Tako je imao puno vremena za sebe, da nesmetano razmišlja.

Wie könnte man sein Leben jetzt am besten neu ordnen?

Koji bi bio najbolji način da mu se sada reorganizira život?

Doch die hohen Wände des leeren Zimmers ängstigten ihn.

Ali visoki zidovi prazne sobe su ga plašili.

Ihm blieb keine andere Wahl, als sich flach auf den Boden zu legen.

Nije imao drugog izbora nego se spustiti na tlo.

Und er fand in diesem Raum niemals die Ursache seiner Angst.

I nikada nije pronašao uzrok svog straha u tom prostoru.

Es war dasselbe Zimmer, in dem er seit fünf Jahren lebte.

Bila je to ista soba u kojoj je živio pet godina.

Halb bewusst machte er eine Bewegung in Richtung Sofa.

Polusvjesno je napravio pokret prema sofi.

Und ohne jede Scham versteckte er sich unter dem Sofa.

I bez imalo srama sakrio se pod sofu.

Dort unten fühlte er sich sofort wieder sehr wohl.

Tamo dolje se odmah opet osjećao vrlo ugodno.

Obwohl sein Rücken etwas gequetscht war.

Unatoč činjenici da su mu leđa bila malo pritisnuta.

Auch unter dem Sofa konnte er seinen Kopf nicht mehr heben.

Više nije mogao ni podići glavu ispod sofe.

Aber selbst das zog er einem Aufenthalt im Freien vor.

Ali čak je i to više volio nego biti na bilo kojem otvorenom prostoru.

Er bedauerte jedoch, dass sein Körper so breit war.

Međutim, požalio je što mu je tijelo bilo tako široko.

Das Sofa konnte seinen ganzen Körper nicht vollständig bedecken.

Sofa nije mogla u potpunosti prekriti cijelo njegovo tijelo.

Er blieb die ganze Nacht unter dem Sofa.

Ostao je ispod sofe cijelu noć.

Die Nacht verbrachte er halb schlafend, geplagt von seinem Hunger.

Noć je proveo poluspavajući, uznemiren gladi.

Und die Zeit, die er wach war, verbrachte er entweder in Sorgen oder in Hoffnung.

A vrijeme budnosti provodio je ili brinući se ili nadajući se.

Doch all seine vagen Hoffnungen führten zu demselben Schluss.

Ali sve njegove nejasne nade vodile su istom zaključku.

Ihm blieb nichts anderes übrig, als vorerst zu schweigen.

Nije imao drugog izbora nego da za trenutak šuti.

Er musste der Familie gegenüber Geduld und Rücksichtnahme zeigen.

Morao je pokazati strpljenje i obzir prema obitelji.

Es war die einzige Möglichkeit, die Unannehmlichkeiten erträglich zu machen.

To je bio jedini način da se neugodnost učini podnošljivom.

Die Unannehmlichkeiten, die er nun der Familie auferlegte.

Neugodnost koju je sada nametao obitelji.

Er musste nicht lange warten, um sein Mitgefühl unter Beweis zu stellen.

Nije morao dugo čekati da dokaže svoje suosjećanje.

Früh am Morgen schaute die Schwester in sein Zimmer.

Rano ujutro sestra je pogledala u njegovu sobu.

Obwohl es eigentlich genauso viel Nacht wie Morgen war.

Iako je zapravo bila jednako noć koliko i jutro.

Sie war vollständig angezogen und schien aufgeregt zu sein.

Bila je potpuno odjevena i činilo se da pokazuje uzbuđenje.

Die Tragfähigkeit seiner neu getroffenen Entscheidung könnte sich bewähren.

Snaga njegove novodonesene odluke mogla bi biti testirana.

Sie entdeckte ihn nicht sofort auf Anhieb.

Nije ga odmah pronašla na prvi pogled.

Er musste irgendwo sein; weggeflogen konnte er nicht sein.

Morao je negdje biti; nije mogao odletjeti.

Doch dann schweifte ihr Blick ein zweites Mal durch den Raum.

Ali tada je njezin pogled još jednom prešao preko sobe.

Und dieses Mal entdeckte sie seinen Oberkörper unter dem Sofa.

I ovaj put je uočila njegov torzo ispod sofe.

Sie war so verängstigt, dass sie jegliche Selbstbeherrschung verlor.

Bila je toliko uplašena da je izgubila svaku samokontrolu.

Und ihre erste Reaktion war, die Tür wieder zuzuschlagen.

I njezina prva reakcija bila je da ponovno zalupi vrata.

Doch sie schien ihr Verhalten auch sofort zu bereuen.

Ali činilo se da je odmah požalila zbog svog ponašanja.

Kaum hatte sie die Tür zugeschlagen, öffnete sie sie auch schon wieder.

Čim je zalupila vratima, ponovno ih je otvorila.

Und diesmal schlich sie sich leise auf Zehenspitzen in den Raum.

I ovaj put se nježno na prstima ušuljala u sobu.

Sie bewegte sich, als ob sie eine schwerkranke Person besuchen würde.

Kretala se kao da posjećuje teško bolesnu osobu.

Oder sie könnte einen völlig Fremden besucht haben.

Ili je možda bila u posjeti potpunom strancu.

Gregor drückte seinen Kopf fast bis an den Rand des Sofas.

Gregor je gurnuo glavu gotovo do ruba sofe.

Und von unterhalb des Tresors beobachtete er sie im Zimmer.

I ispod sefa ju je promatrao u sobi.

Würde sie bemerken, dass er die Milch stehen gelassen hatte?
Hoće li primijetiti da je ostavio mlijeko?
Er hatte die Milch nicht etwa aus Mangel an Hunger stehen gelassen.
Nije ostavio mlijeko zato što nije bio gladan.
Wollte sie ihm stattdessen anderes Essen bringen?
Hoće li mu umjesto toga donijeti drugačiju hranu?
Vielleicht ein Gericht, das seinen Vorlieben besser entsprach.
Možda jelo koje je bolje odgovaralo njegovim preferencijama.
Aber sie hätte seinen Appetit selbst bemerken müssen.
Ali morala je sama primijetiti njegov apetit.
Er wäre lieber verhungert, als sie davon erfahren zu lassen.
Radije bi umro od gladi nego da joj to pokaže.
Eigentlich hätte er es ihr sehr gerne gesagt.
Zapravo bi joj to jako volio reći.
Er war wirklich versucht, unter dem Sofa hervorzuschießen.
Bio je u stvarnom iskušenju da puca ispod sofe.
Er wollte sich seiner Schwester zu Füßen werfen.
Htio se baciti sestri pred noge.
Und er wollte sie um etwas Leckeres zu essen bitten.
I htio ju je zamoliti za nešto dobro za jelo.
Doch dann blickte die Schwester zu der Schüssel mit Milch.
Ali tada je sestra pogledala prema zdjeli mlijeka.
Sie bemerkte sofort, dass die Schüssel noch voll war.
Odmah je primijetila da je zdjela još uvijek puna.
Sie war ziemlich überrascht, dass Gregor nichts gegessen hatte.
Bila je prilično iznenađena što Gregor nije ništa jeo.
Nur ein wenig Milch war auf den Boden verschüttet worden.
Samo malo mlijeka bilo je proliveno po podu.
Sie nahm sofort die Schüssel und trug sie hinaus.
Odmah je uzela zdjelu i iznijela je.
Er sah, dass sie die Schüssel nicht mit bloßen Händen aufgehoben hatte.
Vidio je da nije podigla zdjelu golim rukama.

Stattdessen hob sie die Schüssel mit einem der Lappen hoch.

Umjesto toga, podigla je zdjelu koristeći jednu od krpa.

Gregor vergaß dieses kleine Detail jedoch sehr schnell.

Ali Gregor je vrlo brzo zaboravio na taj manji detalj.

Er war nun von etwas ganz anderem viel begeisterter.

Sada je bio puno više uzbuđen zbog nečeg drugog.

Was könnte sie als Ersatz für die Milch mitbringen?

Što bi mogla donijeti kao zamjenu za mlijeko?

Er hatte verschiedene Vermutungen darüber, was sie wohl mitbringen könnte.

Imao je razne misli o tome što bi ona mogla donijeti.

Doch die Güte seiner Schwester übertraf seine Erwartungen.

Ali sestrina ljubaznost nadmašila je njegova očekivanja.

Ihr wurde klar, dass sie herausfinden musste, was seine neuen Vorlieben waren.

Shvatila je da mora isprobati kakav mu je novi ukus.

Deshalb brachte sie eine ganze Auswahl an verschiedenen Speisen mit.

Tako je donijela cijeli izbor različite hrane.

Halbverfaultes Gemüse, Knochen vom Abendessen.

Polutrulo povrće, kosti od večere.

Die eingedickte Soße von der anderen Mahlzeit, die sie gegessen hatten.

Stvrdnuti umak od prethodnog obroka koji su pojeli.

Ein paar Rosinen, einige Mandeln, trockenes Brot, Butterbrot.

Nekoliko grožđica, malo badema, suhi kruh, kruh s maslacem.

Etwas Brot, das mit Butter bestrichen und gesalzen war.

Malo kruha koji je bio namazan maslacem i također posoljen.

Käse, den Gregor vor zwei Tagen noch für ungenießbar erklärt hatte.

Sir koji je Gregor prije dva dana proglasio nejestivim.

Die gesamte Auswahl an Speisen wurde auf einer Zeitung ausgelegt.

Sav ovaj izbor hrane bio je stavljen na novine.

Und sie stellte auch eine Schüssel mit Wasser neben seine Mahlzeiten.

I stavila je zdjelu s vodom pokraj njegovih obroka.

Sie wusste, dass Gregor nicht vor ihr gegessen hätte.

Znala je da Gregor ne bi jeo pred njom.

Aus Respekt vor ihm verließ sie deshalb wieder den Raum.

Stoga je iz poštovanja prema njemu ponovno napustila sobu.

Und sie hat beim Weggehen sogar den Schlüssel im Schloss umgedreht.

I čak je okrenula ključ u bravi dok je odlazila.

Aber sie drehte den Schlüssel ganz leise und vorsichtig um.

Ali je okrenula ključ vrlo tiho i pažljivo.

Auf diese Weise würde nur Gregor wissen, dass die Tür verschlossen war.

Na ovaj način samo bi Gregor znao da su vrata zaključana.

Nun konnte er es sich so bequem machen, wie er wollte.

Sada se mogao udobno smjestiti koliko je želio.

Gregors Beine surrten, als es Zeit zum Essen war.

Gregorove su noge zujale kad je došlo vrijeme za jelo.

Bemerkenswert ist, dass er keinerlei Beschwerden mehr verspürte.

Vrijedno je napomenuti da više nije osjećao nikakvu nelagodu.

Seine Wunden müssen bereits vollständig verheilt sein.

Njegove rane su već morale biti potpuno zacijeljene.

Weil er seine früheren Behinderungen nicht mehr spürte.

Jer više nije osjećao svoje prijašnje invaliditete.

Seine neue Fähigkeit zu heilen überraschte und verblüffte ihn.

Njegova nova sposobnost liječenja iznenadila ga je i zadivila.

Vor mehr als einem Monat schnitt er sich mit einem Messer in den Finger.

Prije više od mjesec dana porezao je prst nožem.

Bis vor zwei Tagen schmerzte ihn diese Wunde noch.

Do prije dva dana ta ga je rana još uvijek boljela.

„Bin ich jetzt viel weniger empfindlich?", dachte er bei sich.

„Jesam li sada puno manje osjetljiv?" pomislio je u sebi.

Inzwischen lutschte er gierig an dem Käse.

Do tada je već pohlepno sisao sir.

**Er fühlte sich vom Käse mehr angezogen als von den
anderen Speisen.**
Više ga je privlačio sir nego ostala hrana.
Er aß schnell ein Stück Käse nach dem anderen.
Brzo je jeo jedan komad sira za drugim.
**Beim Genuss des Geschmacks traten ihm vor Zufriedenheit
die Tränen in die Augen.**
Oči su mu se zasuzile od zadovoljstva kad je osjetio okus.
Nach dem Käse aß er das Gemüse und die Soße.
Nakon sira pojeo je povrće i umak.
Das frische Essen schmeckte ihm jedoch nicht.
Međutim, svježa hrana mu nije bila ukusna.
**Tatsächlich konnte er nicht einmal den Geruch von frischen
Lebensmitteln ertragen.**
Zapravo, nije mogao podnijeti ni miris svježe hrane.
**Er hat sogar die anderen Lebensmittel von den frischen
Lebensmitteln weggezerrt.**
Čak je i drugu hranu odvukao od svježe hrane.
Und im Nu hatte er auch noch das Essbare aufgegessen.
I vrlo brzo je pojeo najjestiviju hranu.
**Das ganze leckere Essen hatte eine schläfrig machende
Wirkung auf ihn.**
Sva ukusna hrana imala je na njega uspavljujući učinak.
Und er lag träge an der Stelle, wo er gegessen hatte.
I lijeno je ležao na mjestu gdje je jeo.
**Schließlich kam seine Schwester zurück, um noch einmal
nach ihm zu sehen.**
Na kraju se njegova sestra vratila da ga ponovno provjeri.
**Sie hatte die Weitsicht, den Schlüssel ganz langsam
umzudrehen.**
Imala je predviđanja da vrlo polako okrene ključ.
Dies war für Gregor ein Warnsignal, sich zurückzuziehen.
To je Gregoru dalo upozorenje da se treba povući.
**Benommen und erschrocken huschte er zurück unter das
Sofa.**
Ošamućen i prestrašen, požurio je natrag pod sofu.

Doch diesmal war es nicht so einfach, unter dem Sofa zu bleiben.

Ali ostati ispod sofe ovaj put nije bilo tako lako.

Sein Körper war durch das viele Essen etwas runder geworden.

Tijelo mu se malo zaoblilo od sve hrane.

Und er musste sich beherrschen, nicht wieder auszulaufen.

I morao se kontrolirati da ponovno ne istrči.

Auch wenn die Schwester nicht lange im Zimmer blieb.

Iako sestra nije dugo ostala u sobi.

In dem engen Raum rang er nach Luft.

Mučilo se disati u tom uskom prostoru.

Doch er überwand die kurzen Anfälle von Atemnot.

Ali progurao se kroz male napade gušenja.

Mit aufgerissenen Augen beobachtete er die Aktivitäten der Schwester.

Ispuljenim očima promatrao je sestrine aktivnosti.

Die ahnungslose Schwester schüttete alles in einen Eimer.

Ništa ne sluteća sestra je sve usula u kantu.

Sie entsorgte nicht nur das Essen, das Gregor nicht gegessen hatte.

Ne samo da se riješila hrane koju Gregor nije pojeo.

Aber sie entsorgte auch das Essen, das er nicht angerührt hatte.

Ali je također bacila hranu koju nije dotaknuo.

Offenbar war dieses Essen nun für niemanden mehr genießbar.

Očito ta hrana više nije bila jestiva nikome.

Anschließend verschloss sie den Futtereimer mit einem Holzdeckel.

Zatim je zatvorila kantu s hranom drvenim poklopcem.

Und mit dem Essen, dem Eimer und dem Wischmopp ging sie.

I s hranom, kantom i krpom, otišla je.

Gregor hätte nicht mehr lange warten können.

Gregor ne bi mogao još dugo čekati.

Sobald sie weg war, entkam er unter dem Sofa hervor.

Čim je otišla, pobjegao je ispod sofe.

Und er streckte sich aus und atmete erleichtert auf.

I on se ispružio i zadihao od olakšanja.

So erhielt Gregor von nun an regelmäßig seine Nahrung.

Tako je Gregor od sada s vremena na vrijeme dobivao hranu.

Seine Schwester gab ihm einmal früh am Morgen etwas zu essen.

Sestra mu je jednom rano ujutro dala hranu.

Zu dieser Stunde schliefen die Eltern und das Dienstmädchen noch.

U ovom satu roditelji i sluškinja još su spavali.

Und er erhielt eine zweite Mahlzeit, nachdem alle anderen bereits zu Mittag gegessen hatten.

I drugi obrok je dobio nakon što su svi ručali.

Denn zu dieser Zeit schliefen die Eltern auch eine Weile.

Jer su u to vrijeme i roditelji malo spavali.

Und das Dienstmädchen wurde von der Schwester mit einer Besorgung weggeschickt.

A sluškinju je sestra poslala po nekom zadatku.

Sie hatten ganz sicher nicht die Absicht, Gregor verhungern zu lassen.

Sigurno nisu imali namjeru izgladnjivati Gregora.

Aber sie hätten ihm auch nicht beim Essen zusehen wollen.

Ali ni oni ga ne bi htjeli gledati kako jede.

Die Angaben der Schwester reichten als Information aus.

Ono što je sestra spomenula bilo je dovoljno informacija.

Vielleicht war es ihre Art, den Eltern den Kummer zu ersparen.

Možda je to bio njezin način da roditeljima poštedi tugu.

Sie hatten unter seinen Taten schon genug gelitten.

Već su dovoljno patili zbog njegovih postupaka.

Der erste Tag verblasste langsam zu einer fernen Erinnerung.

Prvi dan je polako postajao daleka uspomena.

Gregor hatte keine Möglichkeit zu erfahren, was an diesem Tag geschah.

Gregor nije imao načina da sazna što se dogodilo tog dana.
Wie wurde der Schlüsseldienstmitarbeiter aus der Wohnung geleitet?
Kako je bravar izveden iz stana?
Mit welchen Ausreden war der Arzt schließlich zufrieden?
Kojim je izgovorima liječnik konačno bio zadovoljan?
Er hatte keinen Weg gefunden, sich verständlich zu machen.
Nije pronašao način da se izrazi razumljivo.
Es gelang ihm nicht einmal, mit seiner Schwester zu kommunizieren.
Nije uspio ni komunicirati sa sestrom.
Und so dachten sie, er könne sie nicht verstehen.
I zato su mislili da ih on ne može razumjeti.
Und deshalb wurde auch kein Versuch unternommen, mit ihm zu sprechen.
I stoga se nije uložio nikakav napor da se s njim razgovara.
Seine Schwester kam jeden Morgen und jeden Mittag in sein Zimmer.
Njegova sestra je dolazila u njegovu sobu svako jutro i za ručak.
Doch er musste sich damit begnügen, ihre Seufzer zu hören.
Ali morao se zadovoljiti slušanjem njezinih uzdaha.
Später gewöhnte sie sich dann doch etwas mehr an Gregors Gestalt.
Kasnije se ipak malo više navikla na Gregorovu figuru.
Und sie fühlte sich etwas freier, weitere Bemerkungen zu machen.
I osjetila je malo više slobode da iznese više primjedbi.
(Obwohl sie sich nie ganz an ihn gewöhnen würde.)
(Iako se nikada neće potpuno naviknuti na njega.)
Und dann fühlte sich Gregor wieder etwas mehr angesprochen.
A onda se Gregor opet osjećao malo više progovorenim.
Und er nahm wahr, was er als freundliche Kommentare empfand.
I uhvatio je ono što je doživio kao prijateljske komentare.

„Ihm hat das Essen heute geschmeckt" oder „Er hat alles aufgegessen".
"Danas je uživao u hrani" ili "pojeo je sve".
Das war aber erst der Fall, nachdem er sein gesamtes Essen aufgegessen hatte.
Ali to je bilo tek kad je pojeo svu svoju hranu.
Doch in letzter Zeit kam dies immer seltener vor.
Ali u posljednje vrijeme to je postajalo sve rjeđe i rjeđe.
„Er hat sein Essen kaum angerührt", sagte sie jetzt immer öfter.
„Jedva da je dirao hranu", govorila je sada češće.
Und jedes Mal schwang ein Hauch von Traurigkeit in ihrer Stimme mit.
I svaki put se u njezinu glasu čula daška tuge.
Gregor konnte keine anderen Nachrichten direkter empfangen.
Gregor nije mogao izravnije čuti nikakve druge vijesti.
Aber er hörte viele Neuigkeiten aus den angrenzenden Zimmern mit.
Ali je čuo mnogo vijesti iz susjednih soba.
Als er Stimmen hörte, rannte er zur entsprechenden Tür.
Kad je čuo glasove, potrčao je do odgovarajućih vrata.
Und er presste seinen ganzen Körper gegen die Tür, um zu hören.
I pritisnuo je cijelo tijelo uz vrata da čuje.
Alle Gespräche drehten sich in irgendeiner Weise um ihn.
Svi razgovori su ga se na ovaj ili onaj način ticali.
Selbst wenn es scheinbar um etwas ganz anderes ging.
Čak i kada se činilo da je tema o nečem drugom.
Diese Beobachtung traf insbesondere in der Anfangszeit zu.
Ovo zapažanje bilo je posebno istinito u ranim danima.
Bei jeder Mahlzeit wiederholten sie die gleiche Diskussion.
Tijekom svakog obroka ponavljali su istu raspravu.
Sie waren sich noch immer unsicher, wie sie sich ihm gegenüber verhalten sollten.
Još uvijek nisu bili sigurni kako se ponašati u njegovoj blizini.

Das gleiche Thema wurde aber auch zwischen den Mahlzeiten besprochen.

Ali ista se tema raspravljala i između obroka.

Weil immer zwei Familienmitglieder zu Hause waren.

Jer su kod kuće uvijek bila dva člana obitelji.

Niemand wollte allein im Haus bleiben.

Nitko nije htio ostati sam u kući.

Aber die Wohnung leer stehen zu lassen, kam auch nicht in Frage.

Ali ostaviti stan praznim također nije dolazilo u obzir.

Das Dienstmädchen war die Einzige, die nicht an die Wohnung gebunden war.

Sobarica je bila jedina koja nije bila vezana za stan.

Sie hatte bereits am ersten Tag darum gebeten, gehen zu dürfen.

Već je prvog dana zatražila da ode.

Sie kniete nieder und flehte darum, entlassen zu werden.

Kleknula je i molila da je otpuste.

Die Familie wusste nicht, wie viel das Dienstmädchen tatsächlich wusste.

Obitelj nije znala koliko je sluškinja zapravo znala.

Zu diesem Zeitpunkt hatte sie nicht mehr gesehen als alle anderen.

U toj fazi nije vidjela više od bilo koga drugog.

Was geschehen war, blieb der Familie weiterhin ein Rätsel.

Što se dogodilo, još uvijek je bila misterija za obitelj.

Doch eine Viertelstunde später verabschiedete sie sich.

Ali četvrt sata kasnije oprostila se.

Und sie dankte der Familie mit Tränen in den Augen.

I zahvalila je obitelji sa suzama u očima.

Aber eigentlich dankte sie ihnen dafür, dass sie sie freigelassen hatten.

Ali zapravo im je zahvalila što su je pustili.

Sie schienen ihr größte Freundlichkeit entgegengebracht zu haben.

Činilo se da su joj pokazali najveću ljubaznost.

Sie leistete sogar einen Eid, ohne dazu aufgefordert worden zu sein.

Čak je i položila zakletvu, a da je to nitko nije tražio.

Sie sagte, sie würde niemandem erzählen, was passiert war.

Rekla je da nikome neće reći što se dogodilo.

Nun musste die Schwester zusammen mit ihrer Mutter kochen.

Sada je sestra morala kuhati zajedno s majkom.

Das war aber keine allzu große Unannehmlichkeit.

Ali ovo zapravo nije bila prevelika neugodnost.

Weil die beiden sowieso fast nichts aßen.

Jer njih dvoje ionako gotovo ništa nisu jeli.

Immer und immer wieder hörte Gregor dasselbe Gespräch mit.

Gregor je iznova i iznova čuo isti razgovor.

Einer der beiden sagte dem anderen, er müsse mehr essen.

Jedna je osoba govorila drugoj da moraju više jesti.

Diese Person erhielt jedoch keine Antwort von der betreffenden Person.

Ali ta osoba nije dobila nikakav odgovor od te osobe.

„Danke, ich habe genug", oder etwas Ähnliches.

"Hvala, imam dovoljno" ili nešto slično.

Vielleicht tranken sie auch gar nichts mehr.

Možda ni oni više nisu ništa pili.

Die Schwester fragte ihren Vater oft, ob er Bier wolle.

Sestra je često pitala oca želi li pivo.

Und sie bot freundlicherweise an, das Bier selbst zu holen.

I srdačno se ponudila da sama donese pivo.

Der Vater schwieg auf ihre Bitte hin stets.

Otac je na njezin zahtjev uvijek šutio.

Die Schwester musste also einen Weg finden, jeden Zweifel auszuräumen.

Stoga je sestra morala pronaći način da otkloni svaku sumnju.

Und sie sagte, sie würde das Dienstmädchen losschicken, um Bier zu holen.

I rekla je da će poslati sluškinju po pivo.

Doch dann sagte der Vater schließlich ein lautes, deutliches
„Nein".

Ali onda je otac konačno rekao veliko, odlučno: "ne".

Das Thema, dass er ein Bier trank, wurde danach nicht mehr
erwähnt.

Tada se tema o tome da pije pivo više nije spominjala.

Er hatte die finanzielle Situation bereits zuvor erläutert.

Već je ranije objasnio financijsku situaciju.

Tatsächlich sprach er schon am ersten Tag über Finanzen.

Zapravo, spomenuo je financije već prvog dana.

Er machte ihnen die Aussichten deutlich.

Dobro ih je upoznao s izgledima.

Sein eigenes Unternehmen war vor etwa fünf Jahren
zusammengebrochen.

Njegov vlastiti posao je propao prije otprilike pet godina.

Hin und wieder stand er auf, um den Tisch zu verlassen.

S vremena na vrijeme ustajao je da ode od stola.

Und er ging zur Kasse seines alten Geschäfts.

I otišao je do blagajne svog starog posla.

Aus Sentimentalität hatte er die Kasse aufgehoben.

Blagajnu je sačuvao iz sentimentalnosti.

Gregor hörte, wie er ein schweres und kompliziertes Schloss
öffnete.

Gregor ga je čuo kako otključava tešku i kompliciranu bravu.

Und er holte Quittungen und Bücher aus der Kasse.

I izvadio je račune i knjige iz blagajne.

Nachdem er die Gegenstände an sich genommen hatte,
schloss er die Geldkassette wieder ab.

Nakon što je uzeo predmete, ponovno je zaključao blagajnu.

Gregor hatte seit seiner Gefangennahme keine guten
Nachrichten mehr erhalten.

Gregor nije čuo dobre vijesti otkako je bio u zatvoru.

Er glaubte, das Geschäft habe seinen Vater in den Ruin
getrieben.

Mislio je da je posao doveo njegovog oca do bankrota.

Dieser Eindruck war Gregor vom Vater sicherlich vermittelt
worden.

Otac je svakako ostavio takav dojam na Gregora.

Und Gregor fragte ihn nie wieder nach den Finanzen.

I Gregor ga nikad više nije pitao o financijama.

Gregor wollte alles tun, was er konnte, um der Familie zu helfen.

Gregor je želio učiniti sve što je mogao kako bi pomogao obitelji.

Er wollte ihnen helfen, das geschäftliche Unglück zu vergessen.

Htio im je pomoći da zaborave poslovnu nesreću.

Der Bankrott, der zur völligen Hoffnungslosigkeit führte.

Stečaj koji je donio potpunu beznadežnost.

So begann er mit einer ganz besonderen Leidenschaft zu arbeiten.

pa je počeo raditi s vrlo posebnom strašću.

Er war quasi über Nacht zum Handelsreisenden geworden.

Gotovo preko noći postao je trgovački putnik.

Davor hatte er lediglich als schlecht bezahlter Angestellter gearbeitet.

Prije toga je radio samo kao slabo plaćen činovnik.

Nun boten sich ihm völlig andere Verdienstmöglichkeiten.

Sada je imao potpuno drugačije mogućnosti zarade.

Erfolgreiche Verkäufe konnten sofort in Bargeld umgewandelt werden.

Uspješna prodaja mogla bi se odmah pretvoriti u gotovinu.

Das Geld wird natürlich aus seinen Provisionen ausgezahlt.

Novac se, naravno, isplaćuje od njegovih provizija.

Nun konnte Gregor Geld auf den Familientisch bringen.

Sada je Gregor mogao staviti novac na obiteljski stol.

Und sie waren erstaunt und erfreut über seinen Verdienst.

I bili su zadivljeni i sretni zbog njegove zarade.

Aber diese schönen Zeiten werden sich nicht wiederholen.

Ali ta lijepa vremena se neće ponoviti.

Sie hatten sich gerade erst an diese schönen Zeiten gewöhnt.

Tek su se navikli na ova dobra vremena.

Jeden Zahltag nahm die Familie das Geld dankbar entgegen.

Obitelj je s zahvalnošću prihvaćala novac svakog dana isplate.

Und Gregor war ebenso gern bereit, das Geld
herauszugeben.
I Gregor je jednako rado predao novac.
Doch die im Gegenzug entgegengebrachte herzliche
Zuneigung erlosch allmählich.
Ali topla naklonost pružena zauzvrat polako je nestala.
Nur seine Schwester stand Gregor noch so nahe wie zuvor.
Samo je njegova sestra ostala blizu Gregoru kao i prije.
Im Gegensatz zu Gregor hatte sie eine tiefe Wertschätzung
für Musik.
Ona je, za razliku od Gregora, duboko cijenila glazbu.
Und sie konnte sehr berührend Geige spielen.
I znala je vrlo dirljivo svirati violinu.
Gregor plante insgeheim, sie auf eine Musikschule zu
schicken.
Gregor je potajno planirao poslati je u glazbenu školu.
Er hatte noch nicht entschieden, wie er die Kosten decken
würde.
Još nije odlučio kako će platiti troškove.
Aber irgendwie würde er die Kosten decken.
Ali na ovaj ili onaj način će pokriti troškove.
Gelegentlich unternahmen Gregor und seine Familie
Kurztrips.
Povremeno su Gregor i obitelj išli na kratka putovanja.
Gregor und seine Schwester sprachen oft über dieses
Thema.
Gregor i sestra često su spominjali tu temu.
Es wurde aber immer nur als eine wunderbare Idee erwähnt.
Ali to je ikada spomenuto samo kao divna ideja.
Sie glaubten nicht wirklich, dass der Traum in Erfüllung
gehen könnte.
Nisu baš vjerovali da se san može ostvariti.
Und den Eltern gefielen solche fantasievollen Ambitionen
nicht.
A roditeljima se nisu sviđale takve maštovite ambicije.
Selbst wenn das Thema ganz harmlos angesprochen wurde.
Čak i kada je tema pokrenuta vrlo nevino.

Gregor dachte aber weiterhin an die Musikschule.

Ali Gregor je nastavio razmišljati o glazbenoj školi.

Und er hatte vor, das Geschenk am Heiligabend anzukündigen.

I planirao je objaviti poklon na Badnjak.

In seinem jetzigen Zustand wäre das natürlich unmöglich.

Naravno, u njegovom trenutnom stanju to bi bilo nemoguće.

Doch solche Gedanken gingen ihm durch den Kopf.

Ali takve su mu misli prolazile kroz glavu.

Und solche Gedanken kamen ihm, während er der Familie zuhörte.

I imao je takve misli dok je slušao obitelj.

Manchmal war er zu müde, um ihnen weiter zuzuhören.

Ponekad bi se previše umorio da bi ih nastavio slušati.

Vor Erschöpfung sank sein Kopf gegen die Tür.

Glava mu je od umora pala na vrata.

Doch er legte sofort wieder seinen Kopf gegen die Tür.

Ali odmah je ponovno naslonio glavu na vrata.

Denn selbst das leiseste Geräusch war draußen zu hören.

Jer se vani mogao čuti i najmanji šum.

Und jedes Geräusch, das er machte, brachte die Familie zum Schweigen.

I svaka buka koju bi napravio utišala bi obitelj.

„Was macht er denn jetzt?", fragte der Vater die Familie.

„Što on sada radi?" upitao je otac obitelj.

Und er ging zur Tür, um nachzusehen, was das Geräusch verursachte.

I otišao je do vrata da provjeri o kakvoj se buki radi.

Und dann wurde das unterbrochene Gespräch allmählich wieder aufgenommen.

A onda se prekinuti razgovor postupno nastavio.

Was der Vater aber sagte, überraschte alle auf positive Weise.

Ali ono što je otac rekao pozitivno je iznenadilo sve.

Gregor erfuhr nun den wahren Stand der Finanzen.

Gregor je sada saznao pravo financijsko stanje.

Trotz all des Unglücks gab es auch etwas Glück.

Unatoč svim nesrećama, bilo je i sreće.
Ein kleines Vermögen aus alten Zeiten war noch vorhanden.
Vrlo malo bogatstvo iz starih dana još je uvijek bilo tamo.
Der Vater erklärte die Dinge, musste sich aber wiederholen.
Otac je objasnio stvari, ali je morao ponoviti.
Weil er sich eine Weile nicht mehr mit diesen Dingen befasst hatte.
Jer se tim stvarima nije bavio već neko vrijeme.
Und weil die Mutter solche Dinge nicht verstand.
I zato što majka nije razumjela takve stvari.
Die Zinssätze der Bank waren etwas gestiegen.
Kamatne stope u banci su malo porasle.
Das unberührte Geld hatte sich stärker erhöht als erwartet.
Netaknuti novac se povećao više nego što se očekivalo.
Darüber hinaus hatte Gregor ihnen immer seine Ersparnisse gegeben.
Osim toga, Gregor im je uvijek davao svoju ušteđevinu.
Er hatte nur wenige Gulden für sich behalten.
Za sebe je zadržao samo nekoliko guldena.
Und sein Geld war auch noch nicht vollständig aufgebraucht.
A ni njegov novac nije bio potpuno potrošen.
Zusammen hatte sich dieses Geld zu einem kleinen Kapital angesammelt.
Zajedno se taj novac akumulirao u mali kapital.
Gregor nickte hinter seiner Tür eifrig zu der Nachricht.
Gregor, iza svojih vrata, nestrpljivo je kimnuo glavom na vijesti.
Er war erfreut über diese unerwartete Vorsicht und Sparsamkeit.
Bio je zadovoljan ovom neočekivanom opreznošću i štedljivošću.
Die überschüssigen Mittel hätten zur Tilgung der Schulden verwendet werden können.
Višak sredstava mogao se iskoristiti za otplatu duga.
Dann hätten sie dem Chef nichts mehr geschuldet.
Tada više ne bi bili dužni šefu ništa.

Und Gregor hätte schon viel früher eine neue Stelle annehmen können.

A Gregor je mogao puno ranije prijeći na novi posao.

Aber so, wie der Vater es arrangiert hatte, war es jetzt viel besser.

Ali način na koji je otac to uredio sada je bio puno bolji.

Das Geld reichte nicht ganz zum Leben von den Zinsen.

Novac nije bio sasvim dovoljan za život od kamata.

Und ein Teil des Geldes musste für Notfälle zurückgelegt werden.

I nešto novca je trebalo izdvojiti za hitne slučajeve.

Das Geld hätte nur für ein oder zwei Jahre gereicht.

To bi bilo dovoljno novca samo za godinu ili dvije.

Das bedeutete, dass jemand Geld verdienen musste, damit sie leben konnten.

To je značilo da netko mora zaraditi novac za njihov život.

Der Vater war nicht krank und er war stark genug.

Otac nije bio bolestan i bio je dovoljno snažan.

Doch er war seit mehr als fünf Jahren arbeitslos.

Ali bio je bez posla više od pet godina.

Und aufgrund seines Alters hatte er kaum noch Selbstvertrauen.

I, zbog godina, imao je malo samopouzdanja.

Er hatte in letzter Zeit auch deutlich an Gewicht zugenommen.

Također je u posljednje vrijeme dosta dobio na težini.

Sein Leben war stets mühsam und erfolglos gewesen.

Njegov život je oduvijek bio težak i neuspješan.

Und dies war der erste Urlaub, den er je verbracht hatte.

I ovo je bio prvi odmor koji je ikada imao.

Und da er nicht beschäftigt war, war er ziemlich ungeschickt geworden.

A budući da nije bio zauzet, postao je prilično nespretan.

Wäre es besser, wenn die alte Mutter das Geld verdienen würde?

Bi li bilo bolje da je stara majka zaradila novac?

Die alte Mutter, die an Asthma litt.

Stara majka koja je bolovala od astme.

Die alte Mutter, die Mühe hatte, die Treppe hinaufzugehen.

Stara majka koja se mučila penjati uz stepenice.

Die alte Mutter, die ihre Zeit damit verbrachte, auf dem Sofa zu liegen.

Stara majka koja je provodila vrijeme ležeći na sofi.

Die alte Mutter, die es vorzog, am Fenster zu sitzen.

Stara majka koja je radije sjedila kraj prozora.

Damit sie bei Bedarf durchatmen konnte.

Kako bi mogla doći do daha kad joj zatreba.

Wäre es besser, wenn die jüngere Schwester das Geld verdienen würde?

Bi li bilo bolje da mlada sestra zaradi novac?

Die Schwester, die mit siebzehn Jahren noch ein Kind war.

Sestra, koja je sa sedamnaest godina još bila samo dijete.

Die Schwester, die nur wenige, bescheidene Freuden hatte.

Sestra koja je imala samo nekoliko skromnih zadovoljstava.

Die Schwester, die am liebsten Geige spielte.

Sestra koja je uglavnom uživala svirati violinu.

Sie wusste, dass ihr bisheriger Lebensstil sehr beneidenswert war;

Znala je da joj je prijašnji način života bio vrlo zavidan;

Sich schick anziehen, ausschlafen, im Haushalt helfen.

Lijepo se odijevati, kasno se buditi, pomagati u kući.

Das Gespräch drehte sich oft um die Notwendigkeit, Geld zu verdienen.

Razgovor se često vrtio oko potrebe za zarađivanjem novca.

Gregor war immer der Erste, der die Tür losließ.

Gregor je uvijek prvi puštao vrata.

Das Gespräch erfüllte ihn mit Scham und Trauer.

Razgovor ga je ispunio sramom i tugom.

Also warf er sich auf das kühle Ledersofa.

Zato se bacio na hladeću kožnu sofu.

Und den Rest der Nacht verbrachte er oft auf dem Sofa.

I često je ostatak noći provodio na sofi.

Er hat nie wirklich auf dem Sofa geschlafen, auch nicht nachts.

Nikad nije stvarno spavao na sofi, niti noću.

Oft kratzte er stundenlang an dem Leder.

Često je satima samo grebao kožu.

Manchmal schob er den Sessel ans Fenster.

Drugi put je gurnuo fotelju do prozora.

Allein dies erforderte von seiner Seite einen erheblichen Aufwand.

Samo to je zahtijevalo mnogo truda s njegove strane.

Der Sessel half ihm, auf die Fensterbank zu klettern.

Fotelja mu je pomogla da se popne na prozorsku dasku.

Und von dort aus konnte er sich ans Fenster lehnen.

I odatle se mogao nasloniti na prozor.

Er empfand dabei stets ein großes Gefühl der Freiheit.

Osjećao je veliku slobodu radeći to.

Vielleicht suchte er nach einem alten, befreienden Gefühl.

Možda je tražio neki stari oslobađajući osjećaj.

Doch seine Sehkraft war nicht mehr so scharf wie früher.

Ali njegov vid nije bio tako oštar kao prije.

Dinge in geringer Entfernung waren verschwommen und undeutlich.

Stvari na maloj udaljenosti bile su mutne i nejasne.

Er konnte das Krankenhaus auf der anderen Straßenseite nicht mehr sehen.

Više nije mogao vidjeti bolnicu s druge strane ceste.

Vorher hatte er den Anblick verflucht, jetzt wollte er ihn sehen.

Prije je proklinjao pogled, sada ga je želio vidjeti.

Er wusste, dass er in der ruhigen, städtischen Charlottenstraße wohnte.

Znao je da živi u mirnoj, urbanoj Charlottenstrasse.

Aber vielleicht dachte er, er blicke in die Wüste.

Ali možda je mislio da gleda u pustinju.

Eine Ödnis, wo grauer Himmel und graue Erde verschmolzen.

Pustoš gdje su se spajali sivo nebo i siva zemlja.

Zweimal bemerkte die aufmerksame Schwester, dass der Stuhl verschoben worden war.

Pažljiva sestra je dva puta primijetila da se stolica pomaknula.
Nachdem sie aufgeräumt hatte, schob sie den Stuhl zurück ans Fenster.
Nakon što je pospremila, gurnula je stolicu natrag do prozora.
Und von nun an ließ sie sogar den Fensterflügel offen.
I od sada je čak ostavljala prozorsko krilo otvoreno.
Gregor wünschte sich sehr, er hätte mit seiner Schwester sprechen können.
Gregor je istinski želio da je mogao razgovarati sa svojom sestrom.
Er wollte ihr für alles danken, was sie für ihn getan hatte.
Htio joj je zahvaliti za sve što je učinila za njega.
Dann hätte er ihre Dienste leichter toleriert.
Tada bi lakše podnio njihove usluge.
Doch so wie die Dinge standen, litt er darunter, dass sie ihm half.
Ali kako je bilo, patio je zbog njezine pomoći.
Die Schwester versuchte natürlich, die Peinlichkeit zu überspielen.
Sestra je, naravno, pokušala prikriti neugodu.
Und sie tat ihr Bestes, so zu tun, als ob sie sich nicht belastet fühlte.
I davala je sve od sebe da se pretvara da se ne osjeća opterećeno.
Natürlich musste sie das erst einmal üben.
Naravno, ovo je nešto što je prvo morala uvježbati.
Und je mehr Zeit verging, desto besser wurde sie darin.
I što je više vremena prolazilo, to je postajala bolja u tome.
Gregor erhielt jedoch auch mehr Zeit, um ihr Täuschungsmanöver zu durchschauen.
Ali Gregor je također dobio više vremena da vidi njezino pretvaranje.
Schon das Betreten seines Zimmers durch sie war für ihn eine Tortur.
Čak je i njezin ulazak u njegovu sobu bio za njega muka.
Kaum war sie eingetreten, rannte sie direkt zum Fenster.
Čim je ušla, odmah je potrčala do prozora.

Sie nahm sich nicht einmal die Zeit, die Tür zu schließen.

Nije čak ni odvojila vrijeme da zatvori vrata.

Normalerweise ersparte sie allen den Anblick von Gregors Zimmer.

Obično je svima poštedjela pogleda na Gregorovu sobu.

Und mit hastigen Händen riss sie das Fenster auf.

I žurnim rukama je naglo otvorila prozor.

Dann atmete sie wieder, als ob sie erstickt wäre.

Zatim je ponovno disala kao da se gušila.

Die einströmende Luft war kalt, und sie atmete tief durch.

Zrak koji je ulazio bio je hladan, pa je duboko udahnula.

Dennoch blieb sie noch eine Weile am Fenster stehen.

Ali ipak je neko vrijeme ostala kraj prozora.

Mit dieser Routine ängstigte sie Gregor zweimal täglich.

Dvaput dnevno je plašila Gregora tom rutinom.

Während sie im Zimmer war, zitterte er unter dem Sofa.

Dok je ona bila u sobi, on se tresao ispod sofe.

Er wusste, dass sie ihm diese Tortur gern erspart hätte.

Znao je da bi ga ona voljela poštedjeti te muke.

Aber sie konnte nicht in dem Zimmer sein, wenn das Fenster geschlossen war.

Ali nije mogla biti u sobi sa zatvorenim prozorom.

Einmal kam sie etwas früher.

Jednom je došla malo ranije.

Vermutlich etwa einen Monat nach Gregors Verwandlung.

Vjerojatno oko mjesec dana nakon Gregorove transformacije.

Sie hatte sich ein wenig an sein neues Aussehen gewöhnt.

Donekle se navikla na njegov novi izgled.

Sie hatte also keinen Grund mehr, besonders schockiert zu sein.

Dakle, više nije imala razloga za posebno šokiranje.

Sie fand ihn immer noch regungslos aus dem Fenster starrend vor.

Zatekla ga je kako još uvijek nepomično zuri kroz prozor.

Er befand sich am schrecklichsten Ort, an dem er hätte sein können.

Bio je na najstrašnijem mjestu na kojem je mogao biti.

**Er wäre nicht überrascht gewesen, wenn sie nicht
hereingekommen wäre.**
Ne bi se iznenadio da nije ušla.
Er hinderte sie daran, das Fenster zu öffnen.
Gdje ju je spriječio da otvori prozor.
Sie verließ schnell wieder das Zimmer und schloss die Tür.
Brzo je ponovno izašla iz sobe i zatvorila vrata.
**Ein Fremder hätte zu allen möglichen Schlussfolgerungen
gelangen können.**
Stranac je mogao doći do svakakvih zaključaka.
Vielleicht wartete er nur auf die Gelegenheit, sie zu beißen.
Možda je samo čekao priliku da je ugrize.
Gregor versteckte sich natürlich sofort unter dem Sofa.
Gregor se, naravno, odmah sakrio pod sofu.
**Doch er musste bis Mittag warten, bis seine Schwester
zurückkehrte.**
Ali morao je čekati do podneva da mu se sestra vrati.
Und sie wirkte viel unruhiger als sonst.
I činila se mnogo nemirnijom nego inače.
**Ihm wurde klar, dass der Anblick von ihm immer noch
unerträglich war.**
Shvatio je da mu je prizor na njega još uvijek nepodnošljiv.
**Der Anblick von ihm würde für sie weiterhin unerträglich
bleiben.**
Pogled na njega ostat će joj nepodnošljiv.
**Sie konnte es wahrscheinlich nicht ertragen, auch nur einen
Teil von ihm zu sehen.**
Vjerojatno ne bi mogla podnijeti vidjeti nijedan dio njega.
Ein kleines Teil ragte immer unter dem Sofa hervor.
Mali dio je uvijek virio ispod kauča.
Eines Tages trug er ein Bettlaken auf dem Rücken zum Sofa.
Jednog dana je na leđima do sofe nosio plahtu.
Er wollte verhindern, dass sie irgendetwas von ihm sah.
Htio ju je poštedjeti da vidi bilo koji dio njega.
**Er richtete das Bettlaken so aus, dass er vollständig verdeckt
war.**
Namjestio je plahtu tako da je cijeli bio skriven.

Selbst wenn sie sich bückte, könnte sie ihn nicht sehen.
Čak i da se sagne, ne bi ga mogla vidjeti.
**Für Gregor dauerte die gesamte Arbeit mehr als drei
Stunden.**
Cijeli pothvat je Gregoru trajao više od tri sata.
Möglicherweise hielt sie das Bettlaken für überflüssig.
Možda je mislila da plahta nije potrebna.
Sie hätte gewusst, dass er das Bettlaken nicht wollte.
Znala bi da on ne želi plahtu.
Er tat es zu ihrem Wohlbefinden und nicht für sich selbst.
Radio je to za njezinu udobnost, a ne za sebe.
**Und sie hätte das Bettlaken abnehmen können, wenn sie
gewollt hätte.**
I mogla je skinuti plahtu da je htjela.
**Aber sie ließ das Bettlaken dort, wo Gregor es hingelegt
hatte.**
Ali ostavila je plahtu tamo gdje ju je Gregor stavio.
**Und Gregor glaubte sogar, einen dankbaren Blick erhascht
zu haben.**
A Gregor je čak pomislio da je uhvatio zahvalan pogled.
Er hatte das Bettlaken vorsichtig mit dem Kopf angehoben.
Nježno je glavom podigao plahtu.
**Er wollte herausfinden, ob seiner Schwester die
Vereinbarung gefiel.**
Htio je vidjeti sviđa li se njegovoj sestri dogovor.

**Die ersten zwei Wochen waren für die Eltern am
schwierigsten.**
Prva dva tjedna bila su najteža za roditelje.
**Sie brachten es nicht übers Herz, hereinzukommen und ihn
zu sehen.**
Nisu se mogli natjerati da uđu i vide ga.
Er belauschte in dieser Zeit viele ihrer Gespräche.
U to je vrijeme čuo mnoge njihove razgovore.
**Sie nahmen alles, was die Schwester tat, voll und ganz zur
Kenntnis.**
U potpunosti su priznali sve što je sestra radila.

Auch wenn sie früher oft verärgert über sie waren.
Iako su se često znali ljutiti na nju.
Weil sie ein ziemlich nutzloses Mädchen gewesen zu sein schien.
Jer se činila pomalo beskorisnom djevojkom.
Nun warteten sie auf der anderen Seite des Raumes.
Sada su oni čekali s druge strane sobe.
Und sie war es, die den Raum betrat, um alles zu erledigen.
I ona je bila ta koja je ušla u sobu da sve obavi.
Sobald sie herauskam, wollten sie alles wissen.
Čim je izašla, htjeli su sve znati.
Sie musste ihnen genau beschreiben, wie das Zimmer aussah.
Morala im je točno reći kako soba izgleda.
„Was hat Gregor gegessen? Wie hat er sich diesmal verhalten?"
"Što je Gregor jeo? Kako se ovaj put ponašao?"
„War vielleicht eine leichte Verbesserung zu bemerken?"
"Je li se možda primijetilo neko blago poboljšanje?"
Die Mutter war übrigens tatsächlich mutiger.
Majka je, usput rečeno, zapravo bila hrabrija.
Und natürlich war es ihr eigener Sohn im Zimmer.
I naravno, u sobi je bio njezin vlastiti sin.
Sie wollte Gregor eigentlich schon bald besuchen.
Zapravo je htjela relativno brzo posjetiti Gregora.
Doch der Vater und die Schwester hielten sie zunächst zurück.
Ali otac i sestra su je isprva sputavali.
Sie brachten sehr rationale Argumente dafür vor, dass sie nicht gehen sollte.
Iznijeli su vrlo racionalne argumente protiv toga da ne ide.
Gregor hörte ihren Argumenten sehr aufmerksam zu.
Gregor je vrlo pažljivo slušao njihovo razmišljanje.
Und er akzeptierte die Argumentation genauso wie seine Mutter.
I prihvatio je obrazloženje koliko i njegova majka.

Später musste sie jedoch mit Gewalt zurückgehalten werden.

Kasnije su je, međutim, morali zadržavati silom.

"Lasst mich zu Gregor hinein, er ist mein unglücklicher Sohn!"

"Pusti me unutra Gregoru, on je moj nesretni sin!"

"Verstehst du denn nicht, dass ich ihn aufsuchen muss?"

"Zar ne razumiješ da moram ići k njemu?"

Gregor ließ sich ebenfalls von den Argumenten seiner Mutter überzeugen.

Gregora su uvjerili i majčini argumenti.

Vielleicht hatte sie recht; es wäre gut, wenn sie hereinkäme.

Možda je bila u pravu; bilo bi dobro da uđe.

Ihn jeden Tag zu besuchen, wäre viel zu viel.

Dolaziti ga posjećivati svaki dan bilo bi previše.

Aber ihn vielleicht einmal pro Woche zu sehen, könnte genügen.

Ali viđati ga možda jednom tjedno bi moglo biti dovoljno.

Sie versteht die Dinge vielleicht viel besser als die Schwester.

Možda ona puno bolje razumije stvari od sestre.

Trotz all ihres Mutes war sie doch nur ein Kind.

Unatoč svoj svojoj hrabrosti, bila je još samo dijete.

Vielleicht war es kindliche Unbekümmertheit, die sie dazu veranlasste, diese Aufgabe anzunehmen.

Možda ju je djetinjasta nepromišljenost natjerala da preuzme zadatak.

Doch Gregors Wunsch, seine Mutter wiederzusehen, ging bald in Erfüllung.

Ali Gregorova želja da vidi majku ubrzo se ostvarila.

Tagsüber hielt sich Gregor vom Fenster fern.

Danju se Gregor klonio prozora.

Dies tat er aus Rücksicht auf seine Eltern.

To je učinio iz obzira prema roditeljima.

Er hatte nicht viel Platz, um auf dem Boden herumzukriechen.

Nije imao puno mjesta za puzanje po podu.

Es fiel ihm schwer, nachts still zu liegen.
Bilo mu je teško mirno ležati tijekom noći.
Das Essen bereitete ihm nicht einmal mehr die geringste Freude.
Jedenje mu više nije pružalo ni najmanje zadovoljstvo.
Natürlich musste er sich irgendwie ablenken.
Naravno da je morao pronaći neki način da se odvrati.
Um sich die Zeit zu vertreiben, kletterte er die Wände rauf und runter.
Da bi se zabavio, puzao je gore-dolje po zidovima.
Und er kroch auch kopfüber an der Decke entlang.
I puzao je po stropu, naopako.
Besonders glücklich war er, als er von der Decke hing.
Bio je posebno sretan kad je visio sa stropa.
Es war etwas völlig anderes, als auf dem Boden zu liegen.
Bilo je potpuno drugačije nego ležati na podu.
In dieser Position fiel ihm das Atmen deutlich leichter.
U tom položaju mu je bilo puno lakše disati.
Ein leichtes, aber angenehmes Kribbeln durchfuhr seinen Körper.
Lagana, ali ugodna vibracija prošla mu je tijelom.
Manchmal gab er sich seinem Glück sogar zu sehr hin.
Ponekad se čak previše opustio u svojoj sreći.
Manchmal ließ er sich ablenken und ließ die Decke los.
Ponekad bi se omeo i pustio bi strop.
Und zu seiner eigenen Überraschung landete er wieder auf dem Boden.
I na vlastito iznenađenje, sletio je natrag na tlo.
Aber er hatte seinen Körper deutlich besser unter Kontrolle als zuvor.
Ali je imao puno bolju kontrolu nad svojim tijelom nego prije.
So verletzte er sich nun nicht mehr bei so heftigen Stürzen.
Dakle, sada se nije ozlijedio od tako velikih padova.
Die Schwester bemerkte sofort Gregors neue Freude.
Sestra je odmah primijetila Gregorovo novo zadovoljstvo.
Und dort, wo er gekrochen war, waren Klebstoffreste zu sehen.
sehen.

I bilo je tragova ljepila tamo gdje je puzao.
Auch hier dachte die Schwester an Gregors Wohlbefinden.
I ovdje je sestra ponovno razmišljala o Gregorovom zdravlju.
Vielleicht würde er mehr Platz zum Herumkriechen begrüßen.
Možda bi cijenio više prostora za puzanje.
Und der Gedanke hatte sich fest in ihrem Kopf verankert.
I ideja se čvrsto učvrstila u njezinoj glavi.
Einige der großen Möbelstücke behinderten seine Bewegungsfreiheit.
Dio velikog namještaja sprječavao mu je slobodno kretanje.
Da er nicht mehr arbeitete, brauchte er den Schreibtisch nicht mehr.
Više nije radio, pa mu stol nije bio potreban.
Und die Schachtel nahm auch mehr Platz ein als nötig. ***
I kutija je zauzimala više prostora nego što je trebalo. ***
Die Schwester war nicht in der Lage, diese Dinge allein zu bewegen.
Sestra nije bila u stanju sama premjestiti te stvari.
Natürlich wagte sie es nicht, den Vater um Hilfe zu bitten.
Naravno da se nije usudila tražiti pomoć od oca.
Das Dienstmädchen hätte ihr sicherlich auch nicht geholfen.
Ni sluškinja joj sigurno ne bi pomogla.
Das neue Dienstmädchen war tatsächlich ein Jahr jünger als sie.
Nova sobarica je zapravo bila godinu dana mlađa od nje.
Sie hatte mutig die Rolle der ehemaligen Magd übernommen.
Hrabro je preuzela ulogu bivše sobarice.
Doch ein Privileg wollte sie unbedingt haben.
Ali postojala je jedna privilegija koju je inzistirala imati.
Sie wollte die Küche stets verschlossen halten.
Željela je da kuhinja bude stalno zaključana.
Daher blieb der Schwester nichts anderes übrig, als ihre Mutter zu fragen.
Dakle, sestra nije imala drugog izbora nego pitati majku.

Unter Freudenschreien kam die Mutter herbei, um zu helfen.

S uzvicima uzbuđene radosti majka je priskočila u pomoć.

Doch an der Tür zu Gregors Zimmer verstummte sie.

Ali je zašutjela na vratima Gregorove sobe.

Die Schwester überprüfte, ob im Zimmer alles in Ordnung war.

Sestra je provjerila je li sve u sobi u redu.

Gregor hatte das Bettlaken hastig noch straffer gezogen.

Gregor je brzo još čvršće zategnuo plahtu.

Obwohl das Bettlaken immer noch willkürlich angeordnet aussah.

Iako je plahta i dalje izgledala nasumično složena.

Erst dann ließ sie ihre Mutter ins Zimmer.

I tek tada je pustila majku u sobu.

Gregor verzichtete auch darauf, unter dem Laken hervorzuspähen.

Gregor se također suzdržao od špijuniranja ispod plahte.

Er beschloss, diesmal auf einen Besuch bei seiner Mutter zu verzichten.

Odlučio je ovaj put odustati od susreta s majkom.

Gregor war schon froh genug, dass sie überhaupt gekommen war.

Gregor je bio dovoljno sretan što je uopće ušla.

„Komm herein, du kannst ihn nicht sehen", sagte die Schwester.

„Uđi, ne možeš ga vidjeti", rekla je sestra.

Gregor nahm an, dass sie ihre Mutter an der Hand führte.

Gregor je pretpostavio da ona vodi majku za ruku.

Dann hörte er, wie die beiden schwachen Frauen die Möbel verrückten.

Tada je čuo dvije slabe žene kako pomiču namještaj.

Die Schwester schien den größten Teil der Arbeit für sich zu beanspruchen.

Činilo se da je sestra većinu posla preuzela za sebe.

Ihre Mutter befürchtete, sie würde sich überanstrengen.

Majka se bojala da će se previše naprezati.

Doch die Schwester schenkte diesen Warnungen keine Beachtung.

Ali sestra nije obraćala pažnju na ta upozorenja.

Doch auch nach fünfzehn Minuten ging es nur sehr langsam voran.

Ali čak i nakon petnaest minuta napredak je bio vrlo spor.

Es war ihnen nicht gelungen, die Möbel weit zu bewegen.

Nisu uspjeli pomaknuti namještaj daleko.

Langsam beschlich sie ein Gefühl der Niederlage.

Polako su počeli osjećati poraz.

Die Mutter war die Erste, die die Sinnlosigkeit eingestand.

Majka je prva priznala uzaludnost.

"Vielleicht wäre es besser, die Schachtel hier zu lassen."

"Možda bi bilo bolje ostaviti kutiju ovdje."

„Die Kiste ist zu schwer, als dass wir sie noch viel weiter bewegen könnten."

"Kutija je preteška da bismo se mogli pomaknuti puno dalje."

„Und wir werden nicht fertig sein, bevor dein Vater eintrifft."

"I nećemo završiti prije nego što stigne tvoj otac."

„Wenn wir die Kiste hier lassen würden, würde das seinen Weg nur noch mehr versperren."

„Ostavljanje kutije ovdje još bi mu više zapriječilo put."

Und können wir sicher sein, dass wir ihm damit einen Gefallen tun?

"I možemo li biti sigurni da mu činimo uslugu?"

Sie begannen zu glauben, dass das Gegenteil durchaus der Fall sein könnte.

Počeli su misliti da bi suprotno moglo biti istina.

Der Anblick der leeren Wand lastete schwer auf ihrem Herzen.

Pogled na prazan zid teško joj je stegnuo srce.

Was spricht dagegen, dass Gregor das auch so empfinden würde?

Što kažeš da se i Gregor ne bi tako osjećao?

„Er hat sich bereits an die Möbel in seinem Zimmer gewöhnt."

"Već se navikao na namještaj u svojoj sobi."

„In einem leeren Zimmer könnte er sich noch verlassener fühlen."

"U praznoj sobi bi se mogao osjećati još napuštenije."

Ihre Stimme war inzwischen fast zu einem Flüstern gesunken.

Do sada joj se glas gotovo snizio do šapta.

Sie wusste tatsächlich nicht, wo sich Gregor genau aufhielt.

Zapravo nije znala gdje se Gregor točno nalazi.

Sie wollte nicht einmal, dass er ihre Stimme hörte.

Nije htjela da on čak ni čuje zvuk njezina glasa.

Obwohl sie sich sicher war, dass er sie nicht verstand.

Iako je bila sigurna da je ne razumije.

„Würde es nicht so aussehen, als hätten wir ihn völlig aufgegeben?"

"Ne bi li se činilo kao da smo potpuno odustali od njega?"

"Wird er nicht das Gefühl haben, dass wir ihn mit der Situation allein lassen?"

"Neće li se osjećati kao da ga ostavljamo da se sam snalazi?"

„Wir sollten den Raum genau so verlassen, wie er war."

"Trebali bismo ostaviti sobu točno onakvu kakva je bila."

„Irgendwann wird Gregor zu uns zurückkehren, so wie er war."

"Na kraju će nam se Gregor vratiti kakav je bio."

„Dann wird er feststellen, dass alles noch an seinem Platz ist."

"Tada će otkriti da je sve još uvijek na svom mjestu."

„Und er wird die Übergangszeit viel leichter vergessen."

"I puno će lakše zaboraviti prijelazno razdoblje."

Als Gregor diese Worte hörte, begriff er etwas.

Kad je Gregor čuo te riječi, shvatio je nešto.

Sein Verstand war in den letzten zwei Monaten verwirrt worden.

Njegov um se zbunio tijekom posljednja dva mjeseca.

Der Mangel an menschlicher Interaktion hatte ihm nicht gutgetan.

Nedostatak ljudske interakcije nije mu išao u prilog.

Er brauchte das eintönige Leben im Kreise seiner Familie wirklich.

Zaista mu je bio potreban monoton život usred obitelji.

Warum sonst hätte er eine solch unsinnige Forderung gestellt?

Zašto bi inače postavio tako besmislen zahtjev?

Welchen Sinn sollte es denn haben, sein Zimmer zu räumen?

Kakvog je smisla uopće bilo pražnjenje njegove sobe?

Das gemütliche Zimmer war mit geerbten Möbeln eingerichtet.

Udobna soba namještena naslijeđenim namještajem.

Warum sollte er diese bekannte Wärme in eine Höhle verwandeln wollen?

Zašto bi htio pretvoriti ovu poznatu toplinu u pećinu?

Eine Höhle, in der er ungestört in alle Richtungen kriechen konnte.

Špilja u kojoj je mogao mirno puzati na sve strane.

Doch in einer Höhle vergaß er rasch seine menschliche Vergangenheit.

Ali pećina u kojoj je brzo zaboravio svoju ljudsku prošlost.

Er fragte sich, ob er schon kurz davor war, alles zu vergessen.

Morao se pitati je li već blizu zaborava.

Die Stimme seiner Mutter hatte ihn aufgerüttelt und seine Erinnerung wachgerufen.

Majčin glas ga je protresao i probudio sjećanje.

Die Stimme, die er so lange nicht gehört hatte.

Glas koji nije čuo tako dugo.

Nichts durfte entfernt werden; alles musste bleiben.

Ništa se nije smjelo ukloniti; sve je moralo ostati.

Die Möbel wirkten sich positiv auf seinen Zustand aus.

Namještaj je pozitivno utjecao na njegovo stanje.

Und ohne diesen Anker zur Vergangenheit konnte er nicht zurechtkommen.

I nije se mogao snaći bez ovog sidra u prošlosti.

Die Möbel hinderten ihn daran, sinnlos herumzukriechen.

Namještaj je sprječavao njegovo besmisleno puzanje uokolo.
Das war aber kein Verlust, sondern vielmehr ein großer Vorteil.
Ali to nije bio gubitak; naprotiv, bila je to velika prednost.
Leider hatte die Schwester eine ganz andere Meinung.
Nažalost, sestra je imala sasvim drugačije mišljenje.
Sie war gewissermaßen zu einer Sprecherin Gregors geworden.
Donekle je postala Gregorova glasnogovornica.
Natürlich war ihre Meinung nicht völlig unberechtigt.
Naravno, njezino mišljenje nije bilo sasvim neopravdano.
Doch der Meinung ihrer Mutter musste hier widersprochen werden.
Ali mišljenje njezine majke ovdje se moralo osporiti.
Es war nicht nur die Kiste, die nun entfernt werden musste.
Nije samo kutija sada trebala biti uklonjena.
Sein Schreibtisch und der Kleiderschrank konnten ebenfalls nicht bleiben.
Njegov stol i ormar također nisu mogli ostati.
Das Einzige, was unverzichtbar war, war das Sofa.
Jedino što je bilo neizostavno bila je sofa.
Sie hat diese Entscheidung nicht aus kindischem Trotz getroffen.
Nije to odlučila samo iz dječjeg prkosa.
Es lag auch nicht an ihrem erst kürzlich gewonnenen Selbstvertrauen.
Nije to bilo ni njezino nedavno stečeno samopouzdanje.
Das neue Selbstvertrauen, das sie hatte, trieb sie an, so hart für den Sieg zu arbeiten.
Novo samopouzdanje za koje se morala toliko truditi da ga osvoji.
Auch wenn niemand erwartet hatte, dass sie dazu in der Lage sein würde.
Iako nitko nije očekivao da će to moći učiniti.
Gregor brauchte tatsächlich viel Platz zum Kriechen.
Gregoru je zaista trebalo puno prostora za puzanje.

Die Möbel schränkten den ihm zur Verfügung stehenden
Raum zusätzlich ein.
Namještaj je samo ograničavao prostor koji mu je bio na
raspolaganju.
Sie konnte diese Dinge besser sehen als die Mutter.
Ona je te stvari mogla vidjeti bolje od majke.
Aber vielleicht spielte auch ihre romantische Ader eine
Rolle.
Ali možda je i njezin romantični duh odigrao ulogu.
Mädchen in diesem Alter entwickeln oft eine gewisse
Begeisterung.
Djevojke te dobi često dobiju određeni entuzijazam.
Und sie verspüren das Bedürfnis, ihren Willen
durchzusetzen, wann immer es ihnen möglich ist.
I osjećaju potrebu da dobiju što žele kad god mogu.
Vielleicht wollte sie ihn deshalb heimlich sabotieren.
Možda je to razlog zašto ga je htjela potajno sabotirati.
Noch furchterregender ist er, wenn er an den Wänden
entlangkriecht.
Još je strašniji kad puže po zidovima.
Die Eltern trauten sich nicht mehr, das Zimmer zu betreten.
Roditelji se više nisu usudili ući u sobu.
Sie wäre tatsächlich die alleinige Betreuerin ihres Bruders.
Ona bi zaista bila jedina skrbnica svog brata.
Sie ließ sich von ihrer Mutter nicht umstimmen.
Nije dopustila majci da je uvjeri u suprotno.
Gregors Mutter fühlte sich in dem Zimmer bereits unwohl.
Gregorova majka se već osjećala nelagodno u sobi.
Sie hörte bald auf zu sprechen und half ihrer Tochter erneut.
Ubrzo je prestala govoriti i ponovno je pomogla kćeri.
Mit ihren letzten Kräften entfernten sie den Kleiderschrank.
Preostalom snagom uklonili su ormar.
Auf die Kommode konnte er verzichten.
Komoda je bila nešto bez čega je mogao.
Der Schreibtisch musste aber vorerst dort bleiben.
Ali stol je morao ostati za sada.

Während die Frauen weg waren, versuchte er, sich einen Überblick über den Raum zu verschaffen.

Dok su žene bile otišle, pokušao je procijeniti sobu.

Und Gregor streckte seinen Kopf unter dem Sofa hervor.

I Gregor je provirio glavu ispod sofe.

Er musste sehen, was er in dieser Situation tun konnte.

Morao je vidjeti što može učiniti u vezi sa situacijom.

Aber er war so vorsichtig und rücksichtsvoll wie möglich.

Ali bio je što je moguće pažljiviji i obzirniji.

Leider war es die Mutter, die zuerst zurückkehrte.

Nažalost, majka se prva vratila.

Grete war noch dabei, den Kleiderschrank im Nebenzimmer umzustellen.

Grete je još uvijek premještala ormar u susjednoj sobi.

Die Mutter war den Anblick Gregors jedoch nicht gewohnt.

Ali majka nije bila navikla na Gregorov prizor.

Schon ein flüchtiger Blick auf ihn hätte sie krank machen können.

Čak i samo pogled na njega mogao ju je razboljeti.

Gregor eilte rückwärts zum anderen Ende des Sofas.

Gregor je požurio unatrag do krajnjeg kraja sofe.

Aber er konnte sich nicht zurücklehnen und das Bettlaken ausbalancieren.

Ali nije se mogao pomaknuti unatrag i uravnotežiti plahtu.

Die Bewegung reichte aus, um die Aufmerksamkeit der Mutter zu erregen.

Pokret je bio dovoljan da privuče majčinu pažnju.

Sie hielt inne und verharrte einen kurzen Moment ganz still.

Zastala je i nakratko stajala sasvim mirno.

Dann drehte sie sich um und verließ das Zimmer wieder.

Zatim se okrenula i ponovno izašla iz sobe.

Gregor redete sich immer wieder ein, dass nichts Ungewöhnliches passiert sei.

Gregor si je stalno govorio da se ništa neobično nije dogodilo.

„Es handelt sich lediglich um ein paar Möbelstücke, die weggebracht wurden.“

"To je samo nešto namještaja što je odneseno."

Doch schon bald musste er zugeben, dass ihn die Ereignisse mitgenommen hatten.

Ali ubrzo je morao priznati da su ga događaji pogodili.

Die Frauen hatten alles, was sie taten, auch gesagt.

Žene su govorile sve što su radile.

Sie waren im Zimmer auf und ab gegangen.

Hodali su naprijed-natrag po sobi.

Das Kratzen aller Möbelstücke auf dem Boden.

Grebanje sveg namještaja po podu.

Er hatte das Gefühl, von allen Seiten angegriffen zu werden.

Osjećao se kao da ga napadaju sa svih strana.

Er zog Kopf und Beine so fest wie möglich an.

Privukao je glavu i noge što je čvršće mogao.

Mit aller Kraft presste er seinen Körper zu Boden.

Svom snagom pritisnuo je tijelo o tlo.

Er wusste, dass er das alles nicht mehr lange aushalten konnte.

Znao je da sve ovo više neće moći izdržati.

Sie räumten sein Zimmer aus und nahmen alles mit, was ihm lieb und teuer war.

Ispraznili su mu sobu i uzeli sve što je volio.

Sie hatten bereits die Kiste mit all seinen Werkzeugen mitgenommen.

Već su uzeli kutiju u kojoj je bio sav njegov alat.

Nun lockerten sie seinen schweren Schreibtisch vom Boden.

Sad su mu otpuštali teški stol s tla.

Der Schreibtisch, an dem er nach seiner Rückkehr von der Arbeit gearbeitet hatte.

Stol za kojim je radio nakon povratka s posla.

Der Schreibtisch, an dem er seine Geschäftsaufgaben erledigt hatte.

Stol na kojem je pisao svoje poslovne zadatke.

Der Schreibtisch, an dem er in der Sekundarschule seine Hausaufgaben gemacht hatte.

Stol na kojem je radio zadaću u srednjoj školi.

Ja, diesen Schreibtisch hatte er schon in der Grundschule.

Da, već je imao ovaj stol u osnovnoj školi.

Er hatte wirklich keine Zeit, sich von ihren guten Absichten zu überzeugen.
Zaista nije imao vremena potvrditi njihove dobre namjere.
Obwohl er beinahe vergessen hatte, dass sie überhaupt da waren.
Iako je gotovo zaboravio da su ionako tamo.
Weil sie vor Erschöpfung still arbeiteten.
Jer su radili tiho, zbog iscrpljenosti.
Sie waren zu müde, um ihre Bewegungen jetzt noch bekannt zu geben.
Bili su previše umorni da bi sada objavili svoje kretanje.
Alles, was er hörte, waren ihre schweren Schritte auf dem Boden.
Sve što je čuo bili su njihovi teški koraci po podu.
Genau in diesem Moment lehnten sie an der Kiste.
Baš u tom trenutku naslonili su se na kutiju.
Und da kam Gregor unter dem Sofa hervor.
I tada je Gregor izašao ispod sofe.
Er änderte viermal seine Laufrichtung.
Četiri puta je promijenio smjer u kojem je trčao.
Er konnte sich nicht entscheiden, welcher Gegenstand zuerst gerettet werden musste.
Nije mogao odlučiti koji predmet treba prvo spasiti.
Plötzlich richtete sich sein Blick auf die leere Wand.
Odjednom mu je pozornost privukao prazan zid.
Alles, was sie ihm hinterlassen hatten, war das Bild der Dame im Pelzmantel.
Sve što su mu ostavili bila je slika dame u krznu.
Er kroch zu dem Bild und drückte seinen Körper an sie.
Dopuzao je do slike kako bi pritisnuo svoje tijelo uz nju.
Und sein Körper verdeckte vollständig das Bild.
I njegovo tijelo je potpuno prekrilo pogled na sliku.
Das Glas stützte ihn und kühlte seinen heißen Bauch.
Čaša ga je poduprla i tješila njegov vrući trbuh.
Dieses Foto konnte ihm nicht mehr abgenommen werden.
Ova slika mu se više nije mogla uzeti.
Dann wandte er den Kopf zur Wohnzimmertür.

Zatim je okrenuo glavu prema vratima dnevne sobe.

Er wollte zusehen, wie die Frauen ins Zimmer zurückkehrten.

Namjeravao je gledati kako se žene vraćaju u sobu.

Und sie ruhten sich nicht lange aus, bevor sie wieder zurückkehrten.

I nisu se dugo odmarali prije nego što su se ponovno vratili.

Grete hatte den Arm um ihre Mutter gelegt, um ihr beim Gehen zu helfen.

Gretina ruka je obgrlila majku kako bi joj pomogla hodati.

„Was sollen wir denn jetzt nehmen?", fragte Grete und blickte sich um.

„Što ćemo sad uzeti?" upita Grete i osvrne se oko sebe.

Genau in diesem Moment trafen sich ihre Blicke mit Gregors.

Baš u tom trenutku njezin se pogled susreo s Gregorovim očima.

Trotz des Schocks behielt sie die Fassung.

Unatoč šoku, zadržala je prisutnost duha.

Vermutlich nur wegen der Anwesenheit ihrer Mutter.

Vjerojatno samo zbog prisutnosti njezine majke.

Sie neigte ihr Gesicht zu ihrer Mutter und verdeckte ihr die Sicht.

Nagnula je lice prema majci, zaklanjajući joj pogled.

Und dann sagte sie, zitternd und gedankenlos:

A onda je rekla, iako drhteći i bez razmišljanja:

"Kommt schon, sollten wir nicht zurück ins Wohnzimmer gehen?"

"Hajde, ne bismo li se trebali vratiti u dnevnu sobu?"

Gregor konnte die Absichten der Schwester leicht verstehen.

Gregor je lako mogao razumjeti sestrine namjere.

Ihre oberste Priorität war es, ihre Mutter in Sicherheit zu bringen.

Njezin prvi prioritet bio je odvesti majku na sigurno.

Aber dann wollte sie ihn von der Mauer herunterjagen.

Ali onda će ga potjerati sa zida.

„Nun, sie kann es ja versuchen!", dachte Gregor bei sich.

„Pa, ona svakako može pokušati!" pomislio je Gregor u sebi.
Er behielt sein Bild fest im Blick und gab es nicht her.
Čvrsto je sjedio na svojoj slici i nije je odustajao.
Am liebsten wäre er der Schwester ins Gesicht gesprungen.
Najradije bi skočio sestri u lice.
Doch Gretes Worte hatten ihre Mutter noch mehr beunruhigt.
Ali Gretine riječi još su više zabrinule njezinu majku.
Sie trat beiseite, um zu sehen, was vor ihr verborgen wurde.
Pomaknula se u stranu kako bi vidjela što se od nje skriva.
Und sie sah den braunen Fleck auf der geblümten Tapete.
I ugledala je smeđu mrlju na cvjetnim tapetama.
Und sie schrie auf, noch bevor sie merkte, dass es Gregor war.
I vrisnula je prije nego što je uopće shvatila da je to Gregor.
"Oh Gott", schrie sie mit ausgestreckten Armen.
„O, Bože", vrisnula je raširenih ruku.
Und sie sank auf die Couch, als hätte sie aufgegeben.
I pala je na kauč kao da je odustala.
„Gregor!", rief die Schwester ihm mit erhobener Faust zu.
„Gregore!" viknula je sestra na njega uzdignutom šakom.
Und sie warf ihm einen langen, harten und durchdringenden Blick zu.
I uputila mu je dug, tvrd i prodoran pogled.
Dies war das erste Mal, dass sie direkt mit ihm gesprochen hatte.
Ovo je bio prvi put da je s njim razgovarala izravno.
Sie rannte ins Nebenzimmer, um Riechsalz zu holen.
Otrčala je u susjednu sobu kako bi uzela mirisne soli.
Sie musste ihre Mutter wieder zum Bewusstsein bringen.
Morala je vratiti majku svijesti.
Gregor wollte helfen, er konnte das Bild später aufbewahren.
Gregor je htio pomoći, sliku je mogao spremiti kasnije.
Doch er war fest an der Glasscheibe festgeklebt.
Ali se čvrsto zaglavio na staklu.
Deshalb musste er sich mit großer Kraft losreißen.

Stoga se morao otrgnuti koristeći veliku silu.

Auch er rannte in den nächsten Raum, wo sich die Schwester befand.

I on je otrčao u susjednu sobu, gdje je bila sestra.

Früher hätte er ihr vielleicht einen Rat geben können.

U stara vremena mogao joj je dati neki savjet.

Doch nun konnte er nichts anderes tun, als tatenlos zuzusehen.

Ali sada nije mogao ništa drugo učiniti nego stajati i mirno promatrati.

Sie durchwühlte die Schublade und öffnete verschiedene Flaschen.

Preturala je po ladici, otvarajući razne boce.

Und er erschreckte sie immer noch, als sie sich umdrehte.

I još ju je uvijek plašio kad se okrenula.

Eine Flasche fiel zu Boden, zerbrach und splitterte.

Boca je pala na pod, razbila se i rasprsnula.

Ein Glassplitter traf Gregor im Gesicht und verletzte ihn.

Krhotina stakla pogodila je Gregora u lice i ozlijedila ga.

Die Flasche hatte eine Art ätzende Flüssigkeit enthalten.

Boca je sadržavala neku vrstu kaustične tekućine.

Und nun brannte die ätzende Flüssigkeit auf Gregors Gesicht.

A sada je korozivna tekućina pekla Gregorovo lice.

Die Schwester hatte jedoch im Moment keine Zeit für Gregor.

Sestra, međutim, trenutno nije imala vremena za Gregora.

Sie sammelte so viele Flaschen ein, wie sie tragen konnte.

Pokupila je što više boca je mogla.

Und sie rannte mit der Medizin zurück zu ihrer Mutter.

I otrčala je natrag majci s lijekom.

Sie schlug die Tür mit dem Fuß zu und schloss Gregor aus.

Zalupila je vrata nogom, zatvarajući Gregora van.

Nun war er von seiner möglicherweise sterbenden Mutter abgeschnitten.

Sada je bio odsječen od svoje potencijalno umiruće majke.

Wenn er die Tür öffnete, würde er die Schwester verjagen.

Da je otvorio vrata, otjerao bi sestru.

Aber natürlich musste sie bleiben, um sich um die Mutter zu kümmern.

Ali naravno da je morala ostati kako bi se brinula o majci.

Es gab für ihn nichts anderes zu tun, als auf sie zu warten.

Sada nije mogao ništa učiniti nego ih čekati.

Von Selbstvorwürfen und Angst geplagt, begann er zu kriechen.

Mučen samoprekorom i tjeskobom, počeo je puzati.

Er kroch überall hin; an Wänden, Möbeln, der Decke.

Puzao je posvuda; po zidovima, namještaju, stropu.

Er hatte das Gefühl, als würde sich der ganze Raum um ihn drehen.

Osjećao se kao da se cijela soba vrti oko njega.

Schließlich fiel er, verzweifelt und schwindlig, wieder zu Boden.

Konačno, u očaju i vrtoglavici, pao je natrag.

Und er fiel direkt auf den großen Esstisch.

I pao je ravno na veliki stol u blagovaonici.

Er lag eine Weile da, betäubt und unfähig sich zu bewegen.

Neko je vrijeme ležao ondje, obamrlo i nesposobno za kretanje.

Er war erschöpft von all dem, was ihm dieser Tag gebracht hatte.

Bio je iscrpljen od svega što mu je ovaj dan donio.

Es herrschte ringsum Stille, aber vielleicht war das ein gutes Zeichen.

Bilo je tiho svuda okolo, ali možda je to bio dobar znak.

Dann zerriss das Klingeln an der Haustür die Stille.

Tada, prekidajući tišinu, zazvonilo je zvono vani.

Das Dienstmädchen hatte sich natürlich in ihrer Küche eingeschlossen.

Sluškinja se, naravno, zaključala u kuhinju.

Die Schwester war also die Einzige, die die Tür öffnen konnte.

Dakle, sestra je bila jedina koja je mogla otvoriti vrata.

„Was ist passiert?“, fragte der Vater als Erstes.

"Što se dogodilo?" bilo je prvo što je otac upitao.

Gretes Erscheinung hatte ihm wahrscheinlich alles verraten.

Gretin izgled mu je vjerojatno sve rekao.

Gretes Stimme wurde beim Sprechen gedämpft und dumpf.

Gretin glas postao je prigušen i tup dok je govorila.

Sie muss ihr Gesicht an die Brust ihres Vaters gedrückt haben.

Sigurno je pritisnula lice uz očeve grudi.

„Mutter war bewusstlos, aber es geht ihr jetzt besser."

"Majka je bila bez svijesti, ali sada se osjeća bolje."

„Gregor ist entkommen", fügte sie hinzu, was er auch erwartet hatte.

„Gregor je pobjegao", dodala je, što je i očekivao.

"Ich habe dir doch immer gesagt, dass er eines Tages ausbrechen würde."

"Uvijek sam ti govorio da će jednog dana pobjeći."

„Aber ihr Frauen wolltet mir ja nicht zuhören, nicht wahr?"

"Ali vi žene niste me htjele slušati, zar ne?"

Gregor erkannte schnell, wie sein Vater die Dinge sehen würde.

Gregor je brzo shvatio kako će njegov otac vidjeti stvari.

Er hatte Gretes allzu kurze Nachricht falsch interpretiert.

Pogrešno je protumačio Gretinu prekratku poruku.

Er nahm an, Gregor habe eine Gewalttat begangen.

Pretpostavio je da je Gregor počinio neko nasilje.

Gregor musste einen Weg finden, seinen Vater irgendwie zu besänftigen.

Gregor je morao pronaći način da nekako umiri oca.

Weil er keine Zeit hatte, ihm die Dinge zu erklären.

Jer nije imao vremena da mu objasni stvari.

Aber er hätte die Dinge ohnehin nicht erklären können.

Ali ionako ne bi bio u stanju objasniti stvari.

Da flüchtete er zur Tür und drückte sich dagegen.

Zato je pobjegao prema vratima i pritisnuo se uz njih.

So konnte sein Vater ihn vom Vorzimmer aus sehen.

Tako ga je otac mogao vidjeti iz predsoblja.

Und er würde erkennen, dass er die besten Absichten hatte.

I mogao bi vidjeti da ima najbolje namjere.
Es war nicht nötig, ihn mit einem Besen zurückzudrängen.
Nije bilo potrebe gurati ga natrag metlom.
Der Vater hätte lediglich die Tür öffnen müssen.
Sve što je otac trebao učiniti bilo je otvoriti vrata.
Doch er hatte keine Lust, solche Feinheiten zu bemerken.
Ali nije bio raspoložen primjećivati takve suptilnosti.
"Da bist du ja!", rief er, sobald er eingetreten war.
"Evo vas!" uzviknuo je čim je ušao.
Es war, als wäre er gleichzeitig wütend und glücklich.
Kao da je bio ljut i sretan u isto vrijeme.
Er zog den Kopf zurück und blickte zu seinem Vater auf.
Zabacio je glavu unatrag i pogledao oca.
Er hatte sich seinen Vater nicht so vorgestellt.
Nije zamišljao svog oca kako stoji ondje ovako.
Doch in letzter Zeit hatte er eine neue Ablenkung gefunden.
Ali u posljednje vrijeme pronašao je novu distrakciju.
**Das Herumkriechen nahm nun einen großen Teil seines
Tages ein.**
Puzanje uokolo sada mu je zauzimalo velik dio dana.
**Zuvor hatte er alle Neuigkeiten in der Wohnung im Blick
behalten.**
Prije je pratio sve novosti u stanu.
**Aber in letzter Zeit hatte er nicht mehr so genau darauf
geachtet.**
Ali u posljednje vrijeme nije obraćao toliko pažnje.
Er hätte auf Veränderungen vorbereitet sein müssen.
Trebao je biti spreman na promjene.
Aber war dieser Mann vor ihm noch der Vater?
Ipak, je li ovaj čovjek pred njim još uvijek bio otac?
**War er noch derselbe Mann, der früher müde in seinem Bett
lag?**
Je li to bio isti čovjek koji je nekada umoran ležao u krevetu?
Als Gregor bereits auf Geschäftsreise war.
Kad je Gregor već otišao na poslovni put.
War er derselbe Mann, der ihn abends begrüßte?
Je li to bio isti čovjek koji ga je dočekivao navečer?

Als er in seinem Morgenmantel in seinem Sessel saß.

Kad je bio u kućnoj haljini u svojoj fotelji.

War er derselbe Mann, der nicht aufstehen konnte, um ihn zu begrüßen?

Je li to bio isti čovjek koji nije mogao ustati da ga dočeka?

So blieb er sitzen und hob freudig den Arm.

Dakle, ostajući sjedeći, podigao je ruku u znak radosti.

War er derselbe Mann, mit dem er gelegentlich spazieren ging?

Je li to bio isti čovjek s kojim je povremeno išao u šetnje?

In seltenen Fällen: an einigen Sonntagen im Jahr oder an Feiertagen.

U rijetkim prilikama: nekoliko nedjelja godišnje ili blagdani.

War er derselbe Mann, der in seinen Mantel gehüllt herüberkam?

Je li to bio isti čovjek koji je hodao, omotan kaputom?

Musste er sich langsam zwischen Mutter und ihm vorwärtsarbeiten?

Je li se polako pomicao naprijed, između majke i njega?

Und sie gingen seinetwegen bereits langsam.

I već su polako hodali zbog njega.

Doch nun stand dieser Mann stark und aufrecht.

Ali sada je ovaj čovjek stajao snažno i uspravno.

Er trug eine blaue Uniform mit goldenen Knöpfen.

Bio je odjeven u plavu uniformu sa zlatnim gumbima.

Knöpfe, die die Angestellten der Bankinstitute tragen.

Gumbi koje nose službenici bankarskih institucija.

Über dem steifen Kragen trat sein markantes Doppelkinn hervor.

Iznad krutog ovratnika nazirala se njegova snažna dvostruka brada.

Unter seinen buschigen Augenbrauen blickten seine schwarzen Augen hervor.

Ispod gustih obrva gledale su mu crne oči.

Seine Augen wirkten nun durchdringend, frisch und aufmerksam.

Sada su mu oči izgledale prodorno, svježe i budno.

Das zuvor zerzauste weiße Haar wurde glatt gekämmt.
Prethodno raščupana bijela kosa bila je počešljana prema dolje.
Und sein Haar hatte nun einen sorgfältigen Mittelscheitel.
A kosa mu je sada imala pedantno izrađen razdjeljak u sredini.
Er warf seinen Hut weg, der mit einem goldenen Monogramm verziert war.
Bacio je šešir, na kojem je bio pričvršćen zlatni monogram.
Es handelte sich wahrscheinlich um das Monogramm der Bank, für die er arbeitete.
Vjerojatno je to bio monogram banke za koju je radio.
Und der Hut landete auf dem Sofa, um später weggeräumt zu werden.
I šešir je sletio na sofu, da ga kasnije pospremi.
Er schob den Saum der langen Uniformjacke zurück.
Zavukao je donji dio duge uniformne jakne.
Und er steckte seine Daumen in die Hosentaschen.
I stavio je palčeve u džepove hlača.
Und dann ging er mit finsterer Miene auf Gregor zu.
A onda je, s turobnim izrazom lica, krenuo prema Gregoru.
Er wusste wahrscheinlich selbst noch nicht, was er vorhatte.
Vjerojatno nije ni znao što planira učiniti.
Dennoch hob er die Füße ungewöhnlich hoch.
Ali ipak je podigao noge neobično visoko.
Gregor staunte über die enorme Größe seiner Stiefel.
Gregora je zadivila ogromna veličina njegovih čizama.
Doch dafür blieb wirklich keine Zeit, seine Schuhe zu bewundern.
Ali zaista nije bilo vremena za divljenje njegovim cipelama.
Der Vater hatte sich für eine sehr strenge Disziplin entschieden.
Otac se odlučio za vrlo strogu disciplinu.
Für Gregor war nur die größtmögliche Strenge angemessen.
Za Gregora je bila primjerena samo najveća strogost.
Das wusste er vom ersten Tag seiner Verwandlung an.
Znao je to od prvog dana svoje transformacije.

Er rannte zu seinem Vater und blieb stehen, als dieser stehen blieb.

Potrčao je do oca i stao kad se ovaj zaustavio.

Als er sich wieder bewegte, huschte er erneut auf ihn zu.

Ponovno je pojurio prema njemu kad se ovaj ponovno pomaknuo.

Der Vater hielt einen Moment inne, und Gregor tat es ihm gleich.

Otac je na trenutak zastao, kao i Gregor.

Und sobald sich sein Vater bewegte, stürmte er wieder vorwärts.

I ponovno je jurnuo naprijed čim se njegov otac pomaknuo.

Auf diese Weise gingen sie mehrmals im Kreis um den Raum.

Na taj su način nekoliko puta kružili po sobi.

Bislang hatte noch niemand einen entscheidenden Vorteil errungen.

Nitko još nije stekao odlučujuću prednost.

Man konnte nicht den Eindruck einer Verfolgungsjagd gewinnen.

Nije se mogao steći dojam potjere.

Weil das ganze Geschehen viel zu langsam vonstatten ging.

Jer se cijeli događaj odvijao previše sporo.

Gregor hatte beschlossen, am Boden zu bleiben.

Gregor je odlučio da će ostati na zemlji.

Er hätte die Wände hoch und an der Decke entlanglaufen können.

Mogao je trčati uz zidove i uz strop.

Er wollte den Vater aber nicht unnötig provozieren.

Ali nije htio nepotrebno provocirati oca.

Eine solche Flucht hätte besonders verwerflich erscheinen können.

Takav bijeg mogao se činiti posebno opakim.

Gregor räumte ein, dass diese Jagd nicht mehr lange dauern könne.

Gregor je priznao da ova potjera ne može još dugo trajati.

Jeder Schritt erforderte eine Vielzahl von Bewegungen.

Svaki korak morao je biti popraćen mnoštvom pokreta.
Er begann bereits Atemnot zu verspüren.
Već je počeo osjećati nedostatak daha.
Schon vorher hatte er nie absolut zuverlässige Lungen gehabt.
Čak ni prije nije imao potpuno pouzdana pluća.
Er taumelte dahin und sparte seine Kräfte für den Lauf.
Teturao je naprijed, čuvajući snage za trčanje.
Er war so müde, dass er die Augen kaum noch offen halten konnte.
Bio je toliko umoran da je jedva mogao držati oči otvorene.
Seine Gedanken verlangsamten sich zu sehr, um an andere Fluchtmöglichkeiten zu denken.
Njegove su misli postale previše spore da bi razmišljao o drugim bijegovima.
Er hatte fast vergessen, dass ihm die Wände zur Verfügung standen.
Gotovo je zaboravio da su mu zidovi dostupni.
Die Wände waren aber ohnehin hinter Möbeln verborgen.
Ali zidovi su ionako bili skriveni iza namještaja.
Und die Möbel wiesen zu viele Kerben und Vorsprünge auf.
A namještaj je imao previše zareza i izbočina.
Und dann, direkt neben ihm, rollte ein Apfel.
A onda, odmah pored njega, kotrljajući se, nalazila se jabuka.
Ihm wurde klar, dass der Apfel nach ihm geworfen worden sein musste.
Jabuka je vjerojatno bačena na njega, shvatio je.
Doch er hatte keine Zeit zum Nachdenken, da kam schon der nächste Apfel.
Ali nije imao vremena razmišljati prije nego što je stigla još jedna jabuka.
Gregor erstarrte vor Schreck über die neue Strategie seines Vaters.
Gregor se ukočio od šoka zbog očeve nove strategije.
Er konnte durch einen Fluchtversuch nichts mehr gewinnen.
Više nije mogao ništa dobiti pokušajem bijega.

Der Vater hatte beschlossen, ihn mit Früchten zu überhäufen.
Otac je odlučio da ga zasu voćem.
Er hatte sich die Taschen mit Obst aus der Küchenschale gefüllt.
Napunio je džepove iz kuhinjske zdjele s voćem.
Ohne besonders darauf zu zielen, warf er Apfel um Apfel.
Bez posebnog ciljanja, bacao je jabuku za jabukom.
Diese kleinen roten Äpfel rollten auf dem Boden herum.
Ove male crvene jabuke kotrljale su se po tlu.
Wie von einem Stromschlag getroffen, stießen die Äpfel aneinander.
Kao naelektrizirane, jabuke su se sudarale jedna o drugu.
Einer der schwach geworfenen Äpfel streifte Gregors Rücken.
Jedna od slabo bačenih jabuka okrznula je Gregorova leđa.
Zum Glück für ihn rutschte der Apfel harmlos herunter.
Srećom po njega, ta je jabuka skliznula bez ikakvih problema.
Der anschließend geworfene Apfel traf jedoch genauer.
Međutim, jabuka bačena nakon toga bila je preciznija.
Und dieser Apfel blieb tief in Gregors Rücken stecken.
I ova se jabuka zabila duboko u Gregorova leđa.
Gregor wollte sich vor dem Schmerz davonreißen.
Gregor se htio odmaknuti od boli.
Vielleicht ließe sich diesem neuen, unvorstellbaren Schmerz entkommen.
Možda bi se mogla izbjeći ova nova, nevjerojatna bol.
Vielleicht würde ein Ortswechsel seine Qualen lindern.
Možda bi promjena mjesta ublažila njegovu agoniju.
Aber er fühlte sich, als wäre er am Boden festgenagelt.
Ali osjećao se kao da je prikovan za pod.
Er streckte sich aus, aber nur aufgrund seiner Verwirrung.
Istegnuo se, ali samo zbog svoje zbunjenosti.
Erst mit seinem letzten Blick sah er, wie sich die Tür öffnete.
Tek je posljednjim pogledom vidio kako se vrata otvaraju.
Die Mutter stürzte vor die schreiende Schwester hinaus.
Majka je istrčala pred vrišteću sestru.

Die Schwester hatte sie ausgezogen, sodass sie nur noch ihr Hemd trug.
Sestra ju je svukla, pa je bila u košulji.
Sie hatte in ihrer Bewusstlosigkeit Freiraum gebraucht.
Trebala joj je predaha u nesvijesti.
Er sah noch, wie die Mutter auf den Vater zulief.
Još je vidio kako je majka trčala prema ocu.
Ihre Röcke rutschten einer nach dem anderen zu Boden.
Suknje su joj klizile na tlo, jedna za drugom.
Er sah, wie sie auf den Vater zuging und über ihren Rock stolperte.
Vidio ju je kako prilazi ocu i spotiče se o suknju.
Sie umarmte ihn und bat darum, Gregors Leben zu verschonen.
Zagrlivši ga, zamolila je da se Gregoru poštedi život.
In völliger Einheit mit seinem Körper versagte auch sein Augenlicht.
U potpunom sjedinjenju sa svojim tijelom, vid mu je otkazao.

Teil Drei
Treći dio

Gregor litt über einen Monat lang unter der schweren Verletzung.

Gregor je patio od teške ozljede više od mjesec dana.

Der Apfel steckte fest; niemand wagte es, ihn zu entfernen.

Jabuka je ostala ugrađena; nitko se nije usudio izvaditi je.

Der Apfel blieb als sichtbare Erinnerung in seinem Fleisch zurück.

Jabuka je ostala u njegovom tijelu kao vidljivi podsjetnik.

Der Apfel diente dem Vater aber auch als Erinnerung.

Ali jabuka je također poslužila kao podsjetnik ocu.

Ihm wurde klar, dass Gregor nicht wie ein Feind behandelt werden sollte.

Shvatio je da se Gregor ne smije tretirati kao neprijatelj.

Im Moment mag sein Erscheinungsbild traurig und abstoßend wirken.

Trenutno bi njegov izgled mogao biti tužan i odvratan.

Aber dennoch war er ein Mitglied ihrer Familie.

Ali unatoč tome, on je i dalje bio član njihove obitelji.

Der Widerwille musste überwunden und toleriert werden.

Nevoljkost se morala progutati i tolerirati.

Aufgrund seiner Verletzung könnte seine Beweglichkeit für immer verloren sein.

Zbog rane, mogao bi zauvijek izgubiti pokretljivost.

Er kroch immer noch in seinem Zimmer herum, aber viel langsamer.

Još je uvijek puzao po svojoj sobi, ali puno sporije.

Kriechen in irgendeiner Höhe war völlig ausgeschlossen.

Puzanje na bilo kojoj visini nije dolazilo u obzir.

Gregor erhielt jedoch eine Form der Entschädigung.

Ali Gregor je ipak primio neku vrstu odštete.

Am Abend wurde ihm die Wohnzimmertür geöffnet.

Navečer su mu se otvorila vrata dnevne sobe.

Und er war der Ansicht, dass diese Wiedergutmachungszahlungen vollkommen angemessen seien.

I smatrao je da su te reparacije potpuno adekvatne.

Noch vor Einbruch der Dunkelheit begann er, die Tür zu beobachten.

Prije večeri već je počeo promatrati vrata.

Er lag in der Dunkelheit, vom Wohnzimmer aus unsichtbar.

Ležao je u mraku, nevidljiv iz dnevne sobe.

Er konnte die ganze Familie an dem beleuchteten Tisch sehen.

Mogao je vidjeti cijelu obitelj za osvijetljenim stolom.

Nun durfte er ihren Gesprächen zuhören.

Sada mu je bilo dopušteno slušati njihove razgovore.

Dies unterschied sich deutlich von ihrer vorherigen Vereinbarung.

Ovo je bilo sasvim drugačije od njihovog prethodnog dogovora.

Die lebhaften Gespräche vergangener Zeiten waren verstummt.

Živahni razgovori iz ranijih vremena bili su završeni.

Das waren die Gespräche, nach denen er sich immer gesehnt hatte.

To su bili razgovori za kojima je nekada čeznuo.

Als er allein in kleinen Hotelzimmern schlief.

Kad je spavao sam u malim hotelskim sobama.

Als er sich in die feuchte Bettwäsche werfen musste.

Kad se morao baciti u vlažnu posteljinu.

Die Abende verliefen nun meist ruhig und ereignislos.

Ali večeri su sada uglavnom bile tihe i bez događaja.

Der Vater schlief nach dem Abendessen in seinem Sessel ein.

Otac je zaspao u svojoj fotelji nakon večere.

Und Mutter und Schwester ermahnten einander zur Stille.

I majka i sestra su se međusobno nagovarale da budu tihe.

Die Mutter beugte sich weit über die Lampe und nähte Leinen.

Majka, nagnuta daleko nad svjetlom, šila je lan.
Sie entwirft jetzt Kleider für eines der Modegeschäfte.
Sada je šila haljine za jednu od modnih trgovina.
**Wie Gregor hatte auch die Schwester eine Stelle als
Verkäuferin angenommen.**
Kao i Gregor, sestra se zaposlila kao prodavačica.
Sie lernte abends Stenografie und Französisch.
U večernjim satima učila je stenografiju i francuski.
**Damit sie später vielleicht eine bessere Arbeitsstelle
bekommen könnte.**
Kako bi kasnije možda mogla dobiti bolji posao.
**Manchmal wachte der Vater von seinem abendlichen
Nickerchen auf.**
Ponekad se otac budio iz večernjeg drijemanja.
"Liebling, du nähst heute schon so lange!"
"Draga, danas već tako dugo šiješ!"
Er schien vergessen zu haben, dass er geschlafen hatte.
Činilo se kao da je zaboravio da je spavao.
Doch er fiel sofort wieder in seinen Schlaf zurück.
Ali odmah se ponovno vratio u san.
Und Mutter und Schwester lächelten einander müde an.
I majka i sestra umorno su se nasmiješile jedna drugoj.
Der Vater hatte eine seltsame neue Sturheit entwickelt.
Otac je razvio čudnu novu tvrdoglavost.
**Selbst zu Hause weigerte er sich, seine Dieneruniform
auszuziehen.**
Čak i kod kuće odbijao je skinuti svoju slušku uniformu.
Und sein Morgenmantel hing nutzlos am Kleiderbügel.
A njegov kućni ogrtač beskorisno je visio na vješalici.
So schlief der Vater, vollständig bekleidet, in seinem Sessel.
Tako je otac spavao, potpuno odjeven, u svojoj fotelji.
Es war, als ob er immer bereit wäre, seinen Dienst zu leisten.
Kao da je uvijek bio spreman uslužiti se.
**Als ob er nur auf die Stimme seines Vorgesetzten gewartet
hätte.**
Kao da je samo čekao glas svog nadređenog.
Dies führte dazu, dass seine Uniform an Sauberkeit verlor.

Zbog toga je njegova uniforma izgubila čistoću.
Obwohl die Uniform auch nicht neu war, als er sie bekam.
Iako ni uniforma nije bila nova kad ju je dobio.
Und die Mutter tat ihr Bestes, um die Uniform zu pflegen.
I majka se svim silama brinula za uniformu.
Gregor verbrachte ganze Abende damit, diese Uniform anzusehen.
Gregor je provodio cijele večeri gledajući tu uniformu.
Er beobachtete, wie der alte Mann äußerst unbequem schlief.
Promatrao je kako starac vrlo neugodno spava.
Doch im Schlaf bemerkte er auch etwas Friedliches.
Ali u snu je primijetio i nešto mirno.
Als die Uhr zehn schlug, versuchte die Mutter, ihn zu wecken.
Kad je sat otkucao deset, majka ga je pokušala probuditi.
Sie sprach leise und überredete ihn, ins Bett zu gehen.
Tiho je govorila i nagovorila ga da ode u krevet.
Denn auf dem Sessel zu schlafen war kein richtiger Schlaf.
Jer spavanje na fotelji nije bio pravi san.
Er musste um sechs Uhr mit der Arbeit beginnen.
Morao je početi raditi u šest sati.
Deshalb musste er unbedingt so gut wie möglich schlafen.
Dakle, stvarno mu je trebao najbolji mogući san.
Doch er war von einer neuen Form der Sturheit ergriffen.
Ali obuzeo ga je novi oblik tvrdoglavosti.
Die Tatsache, dass er Diener geworden war, hatte begonnen, diese Wirkung auf ihn zu haben.
To što je postao sluga počelo je imati taj učinak na njega.
Deshalb bestand er immer darauf, länger am Tisch zu bleiben.
Zato je uvijek inzistirao da ostane dulje za stolom.
Obwohl er regelmäßig wieder in seinem Sessel einschlief.
Iako je redovito opet zaspao u svojoj stolici.
Und er ließ sich nur mit größter Mühe bewegen.
I mogao se pomaknuti samo uz najveće muke.
Man musste ihm erklären, dass das Bett besser für ihn wäre.

Morali su mu reći da će mu krevet biti bolji.
**Mutter und Schwester mussten nachdrücklich darauf
bestehen, oft mit nur wenigen Vorwarnungen.**
Majka i sestra morale su inzistirati uz mala upozorenja.
Fünfzehn Minuten lang schüttelte er nur langsam den Kopf.
Petnaest minuta je samo polako odmahivao glavom.
**Und er hielt die Augen geschlossen und weigerte sich
aufzustehen.**
I držao je oči zatvorene i odbijao je ustati.
Die Mutter zupfte sanft, aber bestimmt an seinem Ärmel.
Majka ga je povukla za rukav, nježno, ali odlučno.
**Und sie flüsterte ihm schmeichelhafte Worte in seine müden
Ohren.**
I šaptala mu je laskave riječi na umorne uši.
**Die Schwester unterbrach ihre Arbeit, um ihrer Mutter zu
helfen.**
Sestra je napustila posao koji je obavljala kako bi pomogla
majci.
Doch keiner ihrer Versuche zeigte Wirkung beim Vater.
Ali nijedan njihov napor nije djelovao na oca.
Er sank noch tiefer in seinen Stuhl, bereit zum Schlafen.
Još dublje je utonuo u stolicu, spreman zaspati.
Und schließlich packten ihn die Frauen unter den Achseln.
I konačno su ga žene uhvatile ispod pazuha.
Er öffnete die Augen und blickte sie abwechselnd an.
Otvorio je oči i naizmjenično ih gledao.
„Was für ein Leben!", klagte er beim Zubettgehen.
„Kakav je ovo život", požalio se odlazeći u krevet.
"Ist das der Frieden, der mir im Alter zuteilwurde?"
"Je li ovo mir koji mi je dan u starosti?"
**Doch dann stützte er sich auf die beiden Frauen und stand
unbeholfen auf.**
Ali onda, oslanjajući se na dvije žene, nespretno se digao.
Er tat so, als trüge er die schwerste Last.
Ponašao se kao da nosi najteži teret.
**Er ließ sich von den beiden Frauen bis ans andere Ende des
Raumes führen.**

Pustio je da ga dvije žene odvedu do kraja sobe.

Dort wünschte er ihnen eine gute Nacht und ging dann allein weiter.

Tamo im je poželio laku noć i nastavio sam.

Doch die Mutter warf hastig ihr Nähzeug hin.

Ali majka je brzo bacila svoj pribor za šivanje.

Und auch die Schwester legte den Stift und den Notizblock beiseite.

I sestra je također spustila olovku i notes.

Und sie liefen hinter dem Vater her, um ihm weiter zu helfen.

I trčali su za ocem kako bi mu dodatno pomogli.

Wer in dieser überarbeiteten Familie hatte schon Zeit für Gregor?

Tko je u ovoj preopterećenoj obitelji imao vremena za Gregora?

Wer hätte ihm mehr Aufmerksamkeit schenken können als nötig?

Tko mu je mogao posvetiti više pažnje nego što je bilo potrebno?

Das Haushaltsbudget wurde zunehmend eingeschränkt.

Kućni budžet postajao je sve ograničeniji.

Um Geld zu sparen, mussten sie schließlich das Dienstmädchen entlassen.

Na kraju su, kako bi uštedjeli novac, morali otpustiti sobaricu.

Sie wurde durch eine stämmige, weißhaarige Frau ersetzt.

Zamijenila ju je krupnokošna žena sijede kose.

Diese Frau kam jedoch nur morgens und abends.

Ali ova žena je dolazila samo ujutro i navečer.

Und die schwerste und härteste Arbeit wurde ihr aufgehoben.

I sav najteži i najteži posao bio je sačuvan za nju.

Alle anderen Hausarbeiten wurden von der Mutter erledigt.

Za sve ostale poslove brinula se majka.

Es kam sogar vor, dass verschiedene Familienschmuckstücke verkauft wurden.

Događalo se čak da su se prodavali razni obiteljski dragulji.

Schmuck, den die Frauen bei Feierlichkeiten mit Freude getragen hatten.

Nakit koji su žene rado nosile tijekom proslava.

Gregor erfuhr dies in einer der allgemeinen Diskussionen.

Gregor je to saznao iz jedne od općih rasprava.

Die größte Beschwerde betraf jedoch etwas anderes.

Najveća zamjerka, međutim, bila je nešto drugo.

Die Wohnung war zu groß, aber sie konnten nicht ausziehen.

Stan je bio prevelik, ali nisu se mogli iseliti.

Es gab keine Möglichkeit, Gregor umzusiedeln.

Nije bilo šanse da su mogli preseliti Gregora.

Gregor erkannte jedoch, dass es nicht nur um Rücksichtnahme ging.

Ali Gregor je shvatio da to nije bila samo obzirnost.

Etwas anderes hielt sie davon ab, woanders hinzuziehen.

Nešto drugo ih je sprječavalo da se presele negdje drugdje.

Er hätte problemlos in einer geeigneten Kiste transportiert werden können.

Lako se mogao prevesti u prikladnoj kutiji.

Ihre Gefühle völliger Hoffnungslosigkeit hielten sie zurück.

Osjećaji potpune beznađa su ih sputavali.

Sie wollten sich nicht eingestehen, dass sie vom Unglück getroffen worden waren.

Nisu htjeli priznati da ih je zadesila nesreća.

Was die Welt von armen Menschen verlangt, das haben sie erfüllt.

Ono što svijet zahtijeva od siromašnih ljudi, oni su ispunili.

Der Vater holte dem kleinen Bankangestellten das Frühstück.

Otac je donio doručak za malog bankarskog službenika.

Die Mutter opferte sich für die Wäsche von Fremden auf.

Majka se žrtvovala za pranje rublja stranaca.

Die Schwester rannte hin und her, um die Bestellungen der Kunden aufzunehmen.

Sestra je trčala naprijed-natrag po narudžbe kupaca.

Aber sie hatten einfach nicht mehr die Kraft, irgendetwas weiter zu tun.

Ali jednostavno nisu imali snage za više od toga.

Die Wunde in Gregors Rücken schmerzte nun noch mehr.

Rana na Gregorovim leđima počela je još jače boljeti.

Jeden Abend brachten Mutter und Schwester den Vater ins Bett.

Svake noći majka i sestra su dovodile oca u krevet.

Sie ließen ihre Arbeit liegen und setzten sich zusammen.

Ostavili su svoj posao gdje je bio i sjeli zajedno.

Und sie rückten näher zusammen und saßen Wange an Wange.

I približili su se jedno drugome i sjeli obraz uz obraz.

Die Mutter zeigte auf das Zimmer, von dem aus er zusah.

Majka je pokazala na sobu odakle je on promatrao.

"Würdest du die Tür schließen?", fragte sie die Schwester.

„Možeš li zatvoriti vrata?", upitala je sestru.

Und dann war Gregor wieder allein in der Dunkelheit.

I tada je Gregor opet ostao sam u mraku.

Und im Nebenzimmer vermischten die Frauen ihre Tränen.

A u susjednoj sobi žena je pomiješala njihove suze.

Oder sie saßen mit trockenen Augen da und starrten einfach nur auf den Tisch.

Ili su sjedili suhih očiju, samo zureći u stol.

Gregor schlief kaum, weder nachts noch tagsüber.

Gregor gotovo uopće nije spavao, ni noću ni danju.

Er dachte oft darüber nach, wie er der Familie helfen könnte.

Često je razmišljao o tome kako bi mogao pomoći obitelji.

Er dachte darüber nach, das Geld wieder für sie zu verdienen.

Razmišljao je o tome kako bi im ponovno zaradio novac.

Er dachte darüber nach, das zu tun, was er früher für sie getan hatte.

Razmišljao je o tome da učini ono što je prije radio za njih.

In seinen Gedanken erschien der Bevollmächtigte wieder.

U mislima se vratio ovlašteni predstavnik.

Und dieses Mal kam auch der Chef in die Wohnung.

I ovaj put je i šef došao u stan.
Und die Angestellten und die Lehrlinge waren auch da.
I činovnici i šegrti su također bili tamo.
Sogar der etwas begriffsstutzige Büroangestellte kam, um ihn zu sehen.
Čak ga je i spori uredski sluga došao vidjeti.
Es waren zwei oder drei Freunde aus anderen Branchen dabei.
Bila su dva ili tri prijatelja iz drugih tvrtki.
Eine der Zimmermädchen aus einem Hotel in der Provinz.
Jedna od sobarica iz hotela u provinciji.
Eine kostbare und flüchtige Erinnerung, an der er festzuhalten versuchte.
Draga i prolazna uspomena koju je pokušavao zadržati.
Eine Kassiererin aus einem Hutgeschäft, für die er Absichten hatte.
Blagajnica iz trgovine šeširima za koju je imao namjere.
Doch er war etwas zu langsam gewesen, um ihre Zustimmung zu gewinnen.
Ali bio je malo prespor da bi dobio njezino odobravanje.
Sie alle tauchten in seinen Gedanken auf, vermischt mit Fremden.
Svi su se pojavili u njegovim mislima, pomiješani sa strancima.
Und andere erschienen nicht; sie waren bereits vergessen.
A drugi se nisu pojavili; već su bili zaboravljeni.
Aber sie halfen weder ihm noch seiner Familie.
Ali nisu mu pomogli, niti su pomogli obitelji.
Sie waren unzugänglich, und er war froh, als sie weg waren.
Bili su nedostupni, i bio je sretan kad su otišli.
Er war nicht immer in der Stimmung, sich Sorgen um die Familie zu machen.
Nije uvijek bio raspoložen brinuti se za obitelj.
Und er war voller Wut über die mangelnde Aufmerksamkeit.
I bio je ispunjen bijesom zbog nedostatka pažnje.
Und er konnte sich nichts vorstellen, worauf er Appetit hätte.

I nije mogao zamisliti ništa što bi mu se svidjelo.

Doch er schmiedete trotzdem Pläne, in die Speisekammer einzubrechen.

Ali je i dalje kovao planove za provalu u ostavu.

Und er würde sich alles nehmen, was ihm zustand.

I namjeravao je uzeti sve što je zaslužio.

Die Schwester bemühte sich nicht mehr besonders um ihn.

Sestra se više nije posebno trudila za njega.

Sie verschwendete keine Zeit mehr damit, darüber nachzudenken, wie sie ihm gefallen könnte.

Više nije trošila vrijeme razmišljajući o tome kako mu ugoditi.

Vor der Arbeit schob sie schnell etwas zu essen ins Zimmer.

Prije posla brzo je u sobu ugurala nešto hrane.

Und am Abend kehrte sie die Essensreste schnell wieder zusammen.

A navečer je opet brzo pomela hranu.

Ob er gegessen hatte oder nicht, bemerkte sie nicht mehr.

Je li jeo ili nije, više nije primjećivala.

In den meisten Fällen blieb das Essen nun unberührt.

Sada je hrana češće ostajala netaknuta.

Abends huschte sie immer noch schnell durch den Raum.

Još je navečer brzo prošla kroz sobu.

Doch nun tat sie nur das Nötigste, und zwar so schnell wie möglich.

Ali sada je učinila samo najnužnije, što je brže mogla.

An den Mauern zogen sich Spuren von Schmutz entlang.

Tragovi prljavštine ostali su po zidovima.

Auf dem Boden lagen Staub- und Müllklumpen.

Kuglice prašine i smeća ostale su ležati na podu.

Gregor missbilligte ihre Nachlässigkeit.

Gregor je pokazao svoje neodobravanje zbog njezinog nedostatka brige.

Er drehte sich in einem besonders markanten Winkel.

Okrenuo se pod posebno značajnim kutom.

Aber er hätte wochenlang in dieser Position bleiben können.

Ali mogao je ostati na toj poziciji tjednima.

Seine Schwester hätte seine Unzufriedenheit nicht bemerkt.

Njegova sestra ne bi primijetila njegovo nezadovoljstvo.

Sie sah den Dreck genauso gut wie er, wenn nicht sogar besser.

Vidjela je zemlju jednako dobro kao i on, ako ne i bolje.

Aber sie hatte beschlossen, den Dreck dort zu lassen, wo er war.

Ali odlučila je ostaviti zemlju gdje jest.

Damals entwickelte sie eine völlig neue Sensibilität.

U to vrijeme usvojila je potpuno novu osjetljivost.

Sie hatte es sich zur Aufgabe gemacht, Gregors Zimmer zu reinigen.

Čišćenje Gregorove sobe učinila je svojom odgovornošću.

Die Familie war von ihrer freundlichen Rücksichtnahme sehr berührt.

Obitelj je bila dirnuta njezinom ljubaznom pažnjom.

Einst hatte die Mutter sein Zimmer gründlich gereinigt.

Jednom je majka temeljito očistila njegovu sobu.

Erst nachdem sie mehrere Eimer Wasser verbraucht hatte, gelang es ihr.

Tek nakon što je potrošila nekoliko kanti vode, uspjela je.

Die neu aufgetretene Feuchtigkeit im Zimmer schadete Gregor jedoch.

Međutim, nova vlaga u sobi štetila je Gregoru.

Und er lag breitbeinig, verbittert und regungslos auf dem Sofa.

I ležao je široko, ogorčeno i nepomično na sofi.

Doch das war nur ihre erste Strafe für ihre Hilfeleistung.

Ali to je bila samo njezina prva kazna za pomoć.

Die Schwester bemerkte schnell die Veränderung in Gregors Zimmer.

Sestra je brzo primijetila promjenu u Gregorovoj sobi.

Und sie rannte, zutiefst beleidigt, ins Wohnzimmer.

I utrčala je u dnevnu sobu, krajnje uvrijeđena.

Ihre Mutter hob die Hände und versuchte, sie zu beschwören.

Majka je podigla ruke i pokušala je preklinjati.

Doch trotz einer aufrichtigen Erklärung brach sie in Tränen aus.
Ali unatoč iskrenom objašnjenju, briznula je u plač.
Der Vater erschrak natürlich und fuhr aus seinem Stuhl hoch.
Otac se naravno trgnuo sa stolca.
Und die beiden Eltern schauten fassungslos und hilflos zu.
A dvoje roditelja su gledali, zapanjeni i bespomoćni.
Und schließlich gerieten auch ihre Gefühle in Aufruhr.
I na kraju su im se i emocije uzburkale.
Der Vater warf der Mutter vor, was sie getan hatte.
Otac je prekorio majku zbog onoga što je učinila.
"Du hättest das Zimmer Grete zum Putzen überlassen sollen."
"Trebao si ostaviti sobu da Grete očisti."
Grete schrie die Mutter an, weil sie sein Zimmer aufgeräumt hatte.
Grete je vikala na majku jer mu je čistila sobu.
„Du darfst sein Zimmer nie wieder putzen!"
"Nikad više ne smiješ čistiti njegovu sobu!"
Die Mutter versuchte, den Vater ins Schlafzimmer zu zerren.
Majka je pokušala odvući oca u spavaću sobu.
Die Schwester blieb zitternd und schluchzend im Zimmer zurück.
Sestra je ostala u sobi, tresla se i jecala.
Und sie hämmerte mit ihren kleinen Fäustchen auf den Tisch.
I udarala je po stolu svojim malim šakama.
Und Gregor zischte sie alle lautstark vor Wut an.
I Gregor je glasno siktao od ljutnje na sve njih.
Warum war niemand auf die Idee gekommen, ihm die Tür zu schließen?
Zašto nitko nije pomislio zatvoriti vrata za njega?
Sie hätten ihm diesen Anblick und Lärm ersparen können.
Mogli su ga poštedjeti ovog prizora i buke.
Die Schwester war erschöpft, als sie von der Arbeit nach Hause kam.

Sestra je bila iscrpljena nakon što se vratila s posla.

Und die Betreuung von Gregor bedeutete für sie noch mehr Arbeit.

A briga za Gregora bila je za nju još veći posao.

Das bedeutete aber nicht, dass die Mutter es hätte tun sollen.

Ali to nije značilo da je majka to trebala učiniti.

Gregor hingegen sollte nicht vernachlässigt werden.

Gregora, s druge strane, ne treba zanemariti.

Aber jetzt hatten sie ein neues Dienstmädchen, das solche Dinge tun konnte.

Ali sada su imali novu sluškinju koja je mogla raditi takve stvari.

Eine ältere Witwe mit kräftigem Knochenbau.

Starija udovica koja je imala snažnu koštanu strukturu.

Eine Statur, die ihr half, ihr schwieriges Leben zu überstehen.

Status koji joj je pomogao da preživi težak život.

Sie hatte keine wirkliche Abneigung gegen Gregors Erscheinung.

Nije osjećala nikakvu stvarnu odbojnost prema Gregorovom izgledu.

Sie hatte versehentlich die Tür zu Gregors Zimmer geöffnet.

Slučajno je otvorila vrata Gregorove sobe.

Es geschah nicht aus besonderer Neugierde bezüglich des Zimmers.

Nije to bilo iz neke posebne znatiželje u vezi sobe.

Sie tat lediglich ihre Arbeit und öffnete dabei zufällig die Tür.

Samo je radila svoj posao i slučajno je otvorila vrata.

Gregor war natürlich völlig überrascht von ihr.

Gregor je, naravno, bio potpuno iznenađen njome.

Er wurde nicht verfolgt, aber er rannte hin und her.

Nisu ga progonili, nego je trčao naprijed-natrag.

Und sie verschränkte einfach die Arme und sah ihm beim Krabbeln zu.

I samo je prekrižila ruke i gledala ga kako puže.

Seitdem hat sie ihm immer einen Spaltbreit die Tür geöffnet.

Od tada mu je uvijek malo otvorila vrata.

Eines Morgens schaute sie nach ihm, um zu sehen, wie es ihm ging.

Jednog jutra je pogledala da vidi kako je.

Und am Abend sah sie nach ihm, bevor sie ging.

A navečer ga je provjerila, prije nego što je otišla.

Zuerst versuchte sie auch, ihn zu sich zu rufen.

Isprva ga je također pokušala dozvati da dođe k njoj.

„Komm her, du alter Mistkäfer!", pflegte sie zu sagen.

„Dođi ovamo, stari balegaru!", govorila je.

Oder sie sagte freundlich: „Schau dir den alten Mistkäfer an!"

Ili je rekla: "pogledajte starog balegara!", prijateljski.

Gregor reagierte nie darauf, wenn man so mit ihm sprach.

Gregor nikada nije reagirao kada bi mu se tako obraćalo.

Er blieb stehen, ohne sich zu rühren, und ignorierte sie.

Ostao je ondje, nepomičan, i ignorirao ju je.

„Wenn man ihr doch nur gesagt hätte, wie man ihre Arbeit richtig macht."

"Kad bi joj barem bilo rečeno kako da pravilno obavlja svoj posao."

„Anstatt mich zu belästigen, sollte sie lieber mein Zimmer aufräumen."

"Umjesto što me gnjavi, trebala bi mi pospremiti sobu."

Eines Morgens prasselte ein heftiger Regenguss gegen die Fenster.

Jednom rano ujutro jaka kiša udarila je u prozore.

Vielleicht war der Regen bereits ein Zeichen für den kommenden Frühling.

Možda je kiša već bila znak dolaska proljeća.

Das Dienstmädchen begann wieder auf diese Weise mit ihm zu sprechen.

Sluškinja je ponovno počela s njim razgovarati na taj način.

Gregor war so verbittert, dass er sich umdrehte und ihr ins Gesicht sah.

Gregor je bio toliko ogorčen da se okrenuo prema njoj.

Er war langsam und gebrechlich, aber es war eine Art Angriff.

Bio je spor i nemoćan, ali to je bio svojevrsni napad.

Das Dienstmädchen hingegen hatte überhaupt keine Angst vor Gregor.

Sluškinja se, međutim, uopće nije bojala Gregora.

Stattdessen hob sie einen Stuhl hoch, der in der Nähe der Tür stand.

Umjesto toga, podigla je stolicu koja je bila blizu vrata.

Und sie stand da, ganz ruhig, mit weit geöffnetem Mund.

I stajala je ondje, mirno, širom otvorenih usta.

Ihre Absichten waren klar, das konnte sogar Gregor erkennen.

Njene su namjere bile jasne, čak je i Gregor to mogao vidjeti.

Und er drehte sich langsam um und kehrte zu seinem ursprünglichen Platz zurück.

I okrenuo se, polako, u svoj prvobitni položaj.

"Sie wollen also nicht näher kommen, oder?"

"Dakle, ne želiš se približiti, zar ne?"

Und sie stellte den Stuhl leise wieder in die Ecke.

I tiho je vratila stolicu u kut.

Gregor aß kaum noch etwas.

Gregor više gotovo ništa nije jeo.

Manchmal blieb er bei seinen Rundgängen im Zimmer stehen.

Ponekad bi se, šetajući po sobi, zaustavio.

Und er befand sich neben dem für ihn zubereiteten Essen.

I našao se pokraj hrane koja mu je bila pripremljena.

Er steckte sich das Essen in den Mund, aber nur, um damit zu spielen.

Stavio je hranu u usta, ali samo da se igra s njom.

Und nicht selten spuckte er es nach ein paar Stunden wieder aus.

I prilično često ga je opet ispljunuo nakon nekoliko sati.

Er versuchte, einen Grund für seinen Appetitverlust zu finden.
Pokušao je pronaći razlog za svoj nedostatak apetita.
Vielleicht, weil er mit dem Zustand seines Zimmers unzufrieden war.
Možda zato što je bio tužan zbog stanja svoje sobe.
Aber er hatte sich mit den Veränderungen im Raum abgefunden.
Ali pomirio se s promjenama u sobi.
In letzter Zeit hatte sich sein Zimmer in eine Art Abstellraum verwandelt.
Nedavno je njegova soba postala neka vrsta skladišta.
Sie hatten sich angewöhnt, Dinge dort liegen zu lassen.
Stekli su naviku ostavljati stvari tamo.
Und nun lagen noch viele solcher Dinge in seinem Zimmer.
I sada je u njegovoj sobi ostalo mnogo takvih stvari.
Weil ein Zimmer der Wohnung vermietet worden war.
Jer je jedna soba u stanu bila iznajmljena.
Drei ernsthafte Herren mieteten das Zimmer gemeinsam.
Tri ozbiljna gospodina zajedno su iznajmljivala sobu.
Gregor hat sie einmal durch einen Türspalt erblickt.
Gregor ih je jednom primijetio kroz pukotinu na vratima.
Sie trugen Vollbärte und waren penibel gekleidet.
Imali su pune brade i bili su pedantno odjeveni.
Sie achteten penibel darauf, dass alles ordentlich blieb.
Bili su pedantni u tome da sve bude uredno.
Ihr Hang zur Ordnung beschränkte sich nicht nur auf ihr Zimmer.
Njihovo inzistiranje na urednosti nije se zaustavilo na njihovoj sobi.
Die gesamte Wohnung musste tadellos sauber gehalten werden.
Cijeli stan je morao biti savršeno čist.
Sie legten sogar noch mehr Wert auf das Aussehen der Küche.
Bili su još izbirljiviji oko izgleda kuhinje.
Und unnötigen Unrat konnten sie nicht dulden.

I nisu mogli tolerirati nikakav nepotreban nered.

Sie hatten auch ihre eigenen Möbel mitgebracht.

Također su sa sobom donijeli i vlastiti namještaj.

Aus diesem Grund waren viele Dinge überflüssig geworden.

Zbog toga su mnoge stvari postale suvišne.

Das waren Dinge, für die niemand Geld bezahlen würde.

To su bile stvari za koje nitko ne bi platio novac.

Die Familie wollte diese Dinge aber auch nicht wegwerfen.

Ali obitelj također nije htjela odbaciti te stvari.

All diese Dinge landeten irgendwo in Gregors Zimmer.

Sve su te stvari negdje otišle u Gregorovu sobu.

Der Aschenbecher aus der Küche stand nun in seinem Zimmer.

Kutija za pepeo iz kuhinje sada se nalazila u njegovoj sobi.

Und der Müll wurde bis zum Abholtag in seinem Zimmer aufbewahrt.

I smeće je držano u njegovoj sobi do dana odvoza smeća.

Das Dienstmädchen warf alles, was sie nicht brauchte, in sein Zimmer.

Sluškinja je u njegovu sobu bacila sve što joj nije trebalo.

Zum Glück sah er nichts weiter als die Hand und den Gegenstand.

Srećom, nije vidio ništa više od ruke i predmeta.

Sie hatte wahrscheinlich vor, die Sachen später abzuholen.

Vjerojatno se namjeravala vratiti po stvari kasnije.

Oder vielleicht wollte sie einfach alles auf einmal wegwerfen.

Ili je možda htjela sve odbaciti odjednom.

Doch alles blieb dort, wo es ursprünglich gelandet war.

Međutim, sve je ostalo tamo gdje je i prvo sletjelo.

Es sei denn, Gregor bewegte den Schrott, indem er sich hindurchzwängte.

Osim ako Gregor nije pomaknuo smeće provlačeći se kroz njega.

Zuerst musste er sich durch den ganzen Schrott hindurchkriechen.

Isprva je bio prisiljen puzati kroz svu tu gomilu smeća.
Es gab für ihn keine Möglichkeit, dies zu vermeiden.
Nije bilo mogućnosti da to izbjegne.
Später fand er jedoch tatsächlich Freude an dieser Tätigkeit.
Ali kasnije je zapravo pronašao zadovoljstvo u toj aktivnosti.
Diese Anstrengung hinterließ ihn jedoch traurig und zutiefst erschöpft.
Iako ga je takav napor ostavio tužnim i duboko umornim.
Und danach war er viele Stunden lang bewegungsunfähig.
I nakon toga se satima nije mogao pomaknuti.
Die Untermieter aßen manchmal im Wohnzimmer.
Podstanari su ponekad jeli u dnevnoj sobi.
Die Wohnzimmertür blieb an diesen Abenden geschlossen.
Vrata dnevne sobe su tih večeri ostala zatvorena.
Gregor hatte aber keine Schwierigkeiten, die Tür jetzt nicht zu öffnen.
Ali Gregor nije imao problema da sada ne otvori vrata.
Selbst wenn die Tür offen war, schaute er nicht immer hinaus.
Čak i kad su vrata bila otvorena, nije uvijek gledao van.
Doch er legte sich in die dunkelste Ecke des Zimmers.
Ali on se legao u najtamniji kut sobe.
Auch der Familie fiel seine mangelnde Aufmerksamkeit nicht auf.
Ni obitelj nije primijetila njegov nedostatak pažnje.
Doch einmal ließ das Dienstmädchen die Tür offen.
Ali jednom je sobarica ostavila vrata otvorena.
Die Tür blieb auch dann offen, als die Mieter zurückkehrten.
Vrata su ostala otvorena čak i kad su se podstanari vratili.
Und die Tür war offen, als das Licht eingeschaltet wurde.
I vrata su bila otvorena kad se svjetlo upalilo.
Der Mann saß an dem Tisch, an dem die Familie zu Abend aß.
Čovjek je sjedio za stolom gdje je obitelj večerala.
Vater, Mutter und Gregor saßen dort in früheren Zeiten.
Otac, majka i Gregor sjedili su ondje u ranijim vremenima.

Sie entfalteten die Servietten und nahmen Messer und Gabeln.
Razmotali su salvete i uzeli noževe i vilice.
Die Mutter erschien mit einer Schüssel Fleisch in der Tür.
Majka se pojavila na vratima sa zdjelom mesa.
Dann kam die Schwester mit einer Schüssel voller Kartoffeln herein.
Tada je sestra ušla sa zdjelom punom krumpira.
Die Untermieter beugten sich über die vor ihnen aufgestellten Schüsseln.
Podstanari su se sagnuli nad zdjelama postavljenim pred njih.
Der dichte Rauch des Essens stieg ihnen bis in die Nasen.
Gusti dim od hrane dizao im se do nosa.
Aber sie hatten noch nicht entschieden, ob sie das Essen essen würden.
Ali još nisu odlučili hoće li pojesti hranu.
Vielleicht würden sie das Essen zurück in die Küche schicken.
Možda bi poslali obrok natrag u kuhinju.
Der Mann in der Mitte schien die Autoritätsperson zu sein.
Čovjek koji je sjedio u sredini činio se autoritetom.
Er schnitt das Fleisch an, um festzustellen, ob es zart genug war.
Rezao je meso kako bi provjerio je li dovoljno mekano.
Er war zufrieden mit dem Geruch und Aussehen des Essens.
Bio je zadovoljan kako je hrana mirisala i izgledala.
Die Mutter und die Schwester hatten sie ängstlich beobachtet.
Majka i sestra su ih zabrinuto promatrale.
Und sie begannen zu lächeln, begleitet von einem Seufzer der aufgestauten Erleichterung.
I počeli su se smiješiti s uzdahom sve većeg olakšanja.
Die Familie selbst wollte in der Küche essen.
Obitelj je sama namjeravala jesti u kuhinji.
Doch zuerst ging der Vater nach den Untermietern sehen.
Ali prvo je otac otišao provjeriti podstanare.

Er verbeugte sich einmal und hielt dabei seine Arbeitsmütze in der Hand.

Naklonio se jednom, držeći u ruci kapu s posla.

Und er ging einmal im Kreis um den Tisch herum, zu jedem Gast.

I obišao je krug oko stola, do svakog gosta

Die Untermieter standen alle auf und murmelten in ihre Bärte.

Svi podstanari su ustali, mrmljajući u brade.

Nachdem er gegangen war, aßen sie in fast völliger Stille.

Nakon što je otišao, jeli su u gotovo potpunoj tišini.

Gregor fand es seltsam, dass er Kaugeräusche hörte.

Gregoru se činilo čudnim što čuje žvakanje.

Kein anderer Aspekt des Essens schien Geräusche zu verursachen.

Nijedan drugi aspekt jedenja nije se činio čujnim.

Aber er konnte deutlich hören, wie Zähne aufeinander knirschten.

Ali je jasno čuo škripanje zuba.

Sie schienen ihm sagen zu wollen, dass er Zähne zum Essen brauche.

Činilo se kao da mu govore da mu trebaju zubi za jelo.

"Ohne Zähne im Kiefer kann man gar nichts machen."

"Ne možeš ništa učiniti ako ti čeljust nema zuba."

„Ich möchte etwas essen", sagte Gregor ängstlich.

„Želio bih nešto pojesti", reče Gregor zabrinuto.

„Aber ich habe keinen Appetit auf das, was ihr alle esst."

"Ali nemam apetita za ono što svi vi jedete."

„Seht euch an, wie diese Mieter essen, und ich verhungere hier."

"Pogledajte kako ovi podstanari jedu, a ja umirem od gladi."

Gregor dachte an diesem Abend zufällig an die Geige.

Gregor je te večeri slučajno pomislio na violinu.

Er hatte die Geige seit der Verwandlung nicht mehr gehört.

Nije čuo violinu od transformacije.

Doch dann, an diesem Abend, ertönte ein Geräusch aus der Küche.

Ali onda, te večeri, iz kuhinje se začuo zvuk.
Die Herren hatten ihr Abendessen bereits beendet.
Gospoda su već završila s večerom.
Der mittlere Herr hatte begonnen, eine Zeitung zu lesen.
Srednji gospodin je počeo čitati novine.
Den beiden anderen Herren hatte er jeweils ein Blatt gegeben.
Drugoj dvojici gospode dao je po jedan list.
Und nun lehnten sie sich zurück, lasen und rauchten.
A sada su se zavalili, čitali i pušili.
Als die Geige zu spielen begann, wurden sie aufmerksam.
Kad je violina zasvirala, postali su pažljivi.
Sie standen auf und gingen auf Zehenspitzen zur Tür des Vorzimmers.
Ustali su i na prstima krenuli prema vratima predsoblja.
Hier standen sie eng beieinander und lauschten an der Tür.
Ovdje su stajali zbijeni jedno uz drugo, osluškujući na vratima.
Die Familie muss die Männer aus der Küche gehört haben.
Obitelj je vjerojatno čula muškarce iz kuhinje.
Denn der Vater rief sie und fragte sie:
Jer ih je otac pozvao i upitao;
"Ist die Geige für die Herren vielleicht unbequem?"
"Je li violina možda neudobna za gospodu?"
„Wenn Ihnen die Musik nicht gefällt, können wir sofort aufhören.“
"Ako ti se ne sviđa glazba, možemo odmah stati."
„Im Gegenteil“, sagte der mittlere der beiden Herren.
„Naprotiv“, reče srednji od gospode.
Möchte die junge Dame in unserem Zimmer Geige spielen?
"Bi li mlada dama htjela svirati violinu u našoj sobi?"
„Hier ist es definitiv viel komfortabler und gemütlicher.“
"Ovdje je definitivno puno ugodnije i ugodnije."
Der Vater antwortete, als wäre er selbst der Geiger.
Otac je odgovorio kao da je sam violinist.
"Oh bitte, das wäre wunderbar", rief der Vater.
„O, molim vas, to bi bilo divno“, uzviknuo je otac.
Die Herren kehrten ins Wohnzimmer zurück und warteten.

Gospoda su se vratila u dnevnu sobu i čekala.
Bald darauf kam der Vater mit dem Notenständer ins Zimmer.
Ubrzo je otac ušao u sobu s notnim stalkom.
Die Mutter kam mit dem Notenbuch ins Zimmer.
Majka je ušla u sobu s notnom knjigom.
Und die Schwester kam mit der Geige ins Zimmer.
I sestra je ušla u sobu s violinom.
Sie bereitete in aller Ruhe alles vor, um Geige zu spielen.
Mirno je sve pripremila za sviranje violine.
Die Eltern übertrieben ihre Höflichkeit und ihr Benehmen.
Roditelji su pretjerivali u svojoj pristojnosti i manirama.
Sie hatten zuvor noch nie Zimmer an Untermieter vermietet.
Nikada prije nisu iznajmljivali sobe podstanarima.
Und sie trauten sich nicht einmal, auf ihren eigenen Stühlen zu sitzen.
I nisu se usudili čak ni sjesti na vlastite stolice.
Statt sich hinzusetzen, lehnte sich der Vater gegen die Tür.
Umjesto da sjedne, otac se naslonio na vrata.
Seine rechte Hand befand sich zwischen zwei Knöpfen seines Mantels.
Desna ruka mu je bila između dva gumba kaputa.
Der Mutter wurde jedoch von einem Herrn ein Stuhl angeboten.
Majci je, međutim, jedan gospodin ponudio stolicu.
Aber sie setzte sich an die Stelle, wo der Herr den Stuhl hingestellt hatte.
Ali sjela je tamo gdje je gospodin postavio stolicu.
Und er hatte den Stuhl nicht an einem bestimmten Ort aufgestellt.
I nije postavio stolicu nigdje posebno.
So saß die Mutter abseits von allen anderen in einer Ecke.
Tako je majka sjedila odvojeno od svih, u kutu.
Und schließlich begann die Schwester Geige zu spielen.
I konačno je sestra počela svirati violinu.
Die Eltern auf den gegenüberliegenden Seiten beobachteten das Geschehen aufmerksam.

Roditelji, sa suprotnih strana, pomno su pratili.
Und sie beobachteten jede Bewegung ihrer Hand genau.
I pažljivo su pratili svaki pokret njezine ruke.
Gregor war auch vom Geigenspiel fasziniert.
Gregora je privlačilo i sviranje violine.
Und er wagte sich ein Stück weiter aus seinem Zimmer hinaus.
I odvažio se malo dalje izaći iz svoje sobe.
Er hatte den Kopf schon im Wohnzimmer.
Već je bio s glavom u dnevnoj sobi.
Er war stets sehr stolz darauf, besonders rücksichtsvoll zu sein.
Jako se ponosio time što je bio vrlo obziran.
Doch in letzter Zeit hinterfragte er seine Nachlässigkeit kaum noch.
Ali nedavno jedva da je dovodio u pitanje svoj nedostatak brige.
Auch wenn er jetzt mehr Grund hatte, sich zu verstecken als zuvor.
Iako je sada imao više razloga za skrivanje nego prije.
Weil sein Zimmer mit Staub und allerlei Schmutz bedeckt war.
Jer mu je soba bila prekrivena prašinom i raznom prljavštinom.
Die geringste Bewegung wirbelte allerlei Schmutz auf.
Najmanji pokret uzburkao je svakakvu prljavštinu.
Der ganze Dreck klebte an ihm: Staub, Haare, Essensreste.
Sva ta prljavština se lijepila za njega; prašina, kosa, ostaci hrane.
Er hätte den Schmutz am Teppich abreiben können.
Mogao je trljati prljavštinu o tepih.
Das tat er mehrmals täglich.
To je nešto što je radio nekoliko puta dnevno.
Doch seine Gleichgültigkeit gegenüber allem war viel zu groß.
Ali njegova ravnodušnost prema svemu bila je prevelika.

Deshalb hatte er keine Angst, noch ein Stück weiterzugehen.

Stoga se nije bojao krenuti malo dalje.

Und er betrat den makellosen Wohnzimmerboden.

I premjestio se na besprijekoran pod dnevne sobe.

Doch niemand bemerkte ihn oder schenkte ihm Beachtung.

Međutim, nitko ga nije primijetio, niti mu je obraćao pažnju.

Die Familie war völlig in das Konzert vertieft.

Obitelj je bila potpuno zaokupljena koncertom.

Die Herren hingegen zogen sich zunächst zurück.

Gospoda su se, s druge strane, isprva povukla.

Und sie standen dicht hinter dem Notenständer der Schwester.

I stajali su blizu iza sestrinog stalka za note.

Wenn sie hingesehen hätten, hätten sie die Noten sehen können.

Da su pogledali, mogli su vidjeti glazbene note.

Dies hätte die Schwester natürlich beunruhigt.

To bi, naravno, uznemirilo sestru.

Dann blieben sie am Fenster stehen, anstatt sich hinzusetzen.

Zatim su stali kraj prozora, umjesto da sjednu.

Mit den Händen in den Taschen redeten sie weiter.

S rukama u džepovima nastavili su razgovarati.

Sie blieben dort, während der Vater ängstlich zusah.

Ostali su ondje dok ih je otac zabrinuto promatrao.

Man hatte den Eindruck, dass sie andere Erwartungen hatten.

Čovjek je imao dojam da su imali drugačija očekivanja.

Und es schien wirklich so, als wären sie enttäuscht gewesen.

I zaista se činilo kao da su razočarani.

Es schien, als hätten sie genug von der Vorstellung.

Izgledalo je kao da im je nastup bio dovoljan.

Sie hatten zugelassen, dass die Geige ihren Frieden störte.

Dopustili su da violina poremeti njihov mir.

Und sie tolerierten die Musik nur aus Höflichkeit.

I glazbu su tolerirali samo iz pristojnosti.

Besonders beunruhigend war, wie sie den Rauch wegbliesen.

Način na koji su otpuhivali dim bio je posebno uznemirujući.

Und dennoch spielte sie so wunderschön Geige.

A ipak je tako lijepo svirala violinu.

Ihr Gesicht war leicht zur Seite geneigt, auf der Geige.

Lice joj je bilo blago nagnuto u stranu, na violini.

Ihr Blick wanderte traurig die Notenlinien entlang.

Očima je tužno pretraživala glazbene linije.

Gregor fühlte sich ein wenig mehr ins Wohnzimmer hineingezogen.

Gregor se osjećao još malo povučenim u dnevnu sobu.

Er hielt den Kopf dicht am Boden, blickte aber nach oben.

Držao je glavu blizu tla, ali je gledao prema gore.

Vielleicht würde sich so der Blick seiner Schwester mit seinem treffen.

Možda bi se na ovaj način pogled njegove sestre mogao sresti s njegovim očima.

Kann man wirklich sagen, dass er nur ein Tier war?

Može li se doista reći da je bio samo životinja?

War er etwa ein Tier, wenn ihn Musik so fesseln konnte?

Je li bio životinja ako ga je glazba mogla toliko očarati?

Er hatte das Gefühl, ihm sei ein Weg zu unbekannter Nahrung gezeigt worden.

Osjećao se kao da mu je prikazan put do nepoznate hrane.

Vielleicht war dies die Nahrung, die ihm fehlte.

Možda je to bila hrana koja mu je nedostajala.

Er war fest entschlossen, zu seiner Schwester zu gelangen.

Bio je odlučan da krene prema svojoj sestri.

Er wollte an ihrem Rock zupfen, um ihre Aufmerksamkeit zu erregen.

Htio ju je povući za suknju kako bi privukao njezinu pažnju.

Er wollte ihr eine Art Einladung signalisieren.

Htio joj je dati znak poziva.

„Komm und spiel Geige in meinem Zimmer", wollte er sagen.

„Dođi i sviraj violinu u mojoj sobi", htio je reći.

Er wollte, dass sie für ihre wunderschöne Musik belohnt wird.
Želio je da bude nagrađena za svoju prekrasnu glazbu.
"Niemand hier belohnt dich dafür, dass du Geige spielst."
"Nitko te ovdje ne nagrađuje za sviranje violine."
Er wollte sie nicht mehr aus seinem Zimmer lassen.
Više je nije htio pustiti iz svoje sobe.
Er wollte, dass sie so lange bei ihm blieb, wie er lebte.
Želio je da ona ostane s njim dok god je živ.
Zum ersten Mal hatte seine Verwandlung einen Vorteil.
Po prvi put njegova transformacija je imala koristi.
Seine Missbildung würde ihm nun endlich noch von Nutzen sein.
Njegova deformacija će mu napokon postati korisna.
Er wollte gleichzeitig an allen vier Türen sein.
Htio je biti na sva četiri vrata istovremeno.
Er wollte sie von allen Seiten anfauchen und anspucken.
Htio je siktati i pljuvati na njih sa svih strana.
Seine Schwester sollte nicht gezwungen werden, bei ihm zu bleiben.
Njegova sestra ne bi trebala biti prisiljena ostati s njim.
Er wollte, dass sie sich freiwillig dafür entschied, bei ihm zu bleiben.
Želio je da ona dobrovoljno odluči ostati s njim.
Sie wollte sich neben ihn setzen und sich zu ihm hinunterbeugen.
Namjeravala je sjesti pokraj njega i nagnuti se prema njemu.
Und er wollte ihr von der Musikschule erzählen.
I namjeravao joj je reći za glazbenu školu.
Er hatte die feste Absicht, sie auf die Akademie zu schicken.
Imao je čvrstu namjeru poslati je u akademiju.
Das hätte er allen schon letztes Weihnachten erzählt.
Svima bi to rekao prošlog Božića.
War Weihnachten etwa schon wieder vorbei?
Je li Božić stvarno već došao i prošao?
Und er hätte sich von niemandem davon abbringen lassen.
I ne bi dopustio nikome da ga od toga odvrati.

Doch dann setzte das Unglück allem ein Ende.

Ali onda je nesretna nesreća sve zaustavila.

Die Schwester wäre von ihren Gefühlen überwältigt gewesen.

Sestru bi preplavile emocije.

Und dann wäre Gregor bis auf ihre Schulter geklettert.

A onda bi se Gregor popeo na njezino rame.

Und er hätte sie getröstet, indem er ihren Hals geküsst hätte.

I utješio bi je ljubeći joj vrat.

„Herr Samsa!", rief der Mann in der Mitte dem Vater zu.

„Gospodine Samsa!" čovjek u sredini doviknuo je ocu.

Er zeigte mit dem Zeigefinger nach unten auf Gregor.

Kažiprstom je pokazivao prema dolje na Gregora.

Gregor bewegte sich langsam über den Wohnzimmerboden.

Gregor se polako kretao po podu dnevne sobe.

Das Geigenspiel verstummte sehr schnell.

Sviranje violine vrlo brzo je utihnulo.

Der mittlere der drei Männer lächelte seine Freunde an.

Srednji od trojice muškaraca nasmiješio se svojim prijateljima.

Dann schüttelte er den Kopf und blickte zurück zu Gregor.

Zatim je odmahnuo glavom i ponovno pogledao Gregora.

Der Vater hätte Gregor zurück in sein Zimmer schicken können.

Otac je mogao prisiliti Gregora da se vrati u njegovu sobu.

Das war jedoch nicht die erste Maßnahme, zu der er sich entschloss.

Ali to nije bio prvi potez na koji se odlučio.

Er hielt es für wichtiger, die Herren zu beruhigen.

Mislio je da je važnije smiriti gospodu.

Obwohl sie von Gregor eigentlich überhaupt nicht verärgert waren.

Iako ih Gregor zapravo uopće nije uzrujao.

Gregor schien unterhaltsamer als das Geigenspiel.

Gregor se činio zabavnijim od sviranja violine.

Er eilte mit ausgestreckten Armen auf sie zu.

Pojurio je prema njima raširenih ruku.

Er gab sein Bestes, um ihren Blick auf Gregor zu verbergen.

Trudio se svim silama prikriti njihov pogled na Gregora.

Und er versuchte, sie zur Rückkehr in ihr Zimmer zu bewegen.

I pokušao ih je potaknuti da se vrate u svoju sobu.

Das hat sie eher ein wenig verärgert.

Ako ih je išta, ovo ih je zapravo malo iznerviralo.

Es war aber schwer zu sagen, was genau sie störte.

Ali bilo je teško reći što ih je točno živciralo.

Der Vater verdarb die abendliche Unterhaltung.

Otac je kvario zabavu te večeri.

Aber sie hatten auch gerade erst von ihrem neuen Mitbewohner erfahren.

Ali upravo su saznali i za svog novog cimera.

Sie hoben die Hände, genau wie der Vater es getan hatte.

Podigli su ruke baš kao što je to učinio i otac.

Sie verlangten vom Vater eine sofortige Erklärung.

Zahtijevali su hitno objašnjenje od oca.

Sie zupften unruhig an ihren Bärten, um eine Antwort zu bekommen.

Nemirno su čupali brade tražeći odgovor.

Und sie bewegten sich rückwärts in ihr Zimmer, aber sehr langsam.

I krenuli su unatrag prema svojoj sobi, ali vrlo polako.

Die Unterbrechung hatte die Schwester in eine Trance versetzt.

Prekid je sestru bacio u trans.

Sie ließ Geige und Bogen an ihrer Seite herabhängen.

Pustila je violinu i gudalo da vise sa strane.

Und sie blickte auf die Notenblätter, als ob sie immer noch spielen würde.

I pogledala je note kao da još uvijek sviraju.

Doch dann zog sie sich plötzlich wieder ins Zimmer zurück.

Ali onda se iznenada povukla natrag u sobu.

Und sie hatte nun das Gefühl, verloren zu sein, überwunden.

I sada je prevladala osjećaj izgubljenosti.

Sie legte das Musikinstrument auf den Schoß ihrer Mutter.

Stavila je glazbeni instrument majci u krilo.
Die Mutter saß schwer atmend auf dem Stuhl.
Majka je sjedila na stolici i teško disala.
Und dann musste die Schwester ins Nebenzimmer rennen.
A onda je sestra morala otrčati u susjednu sobu.
Sie musste alles für die Herren vorbereiten.
Morala je sve pripremiti za gospodu.
Sie warf die Decken und Kissen in die Luft.
Bacila je deke i jastuke u zrak.
Und mit ihren geschickten Händen richtete sie die gesamte Bettwäsche her.
I svojim vještim rukama namjestila je svu posteljinu.
Sie war schon fertig, bevor die Herren den Raum erreichten.
Završila je prije nego što su gospoda stigla u sobu.
Und sie verschwand, bevor sie ihnen in die Quere kam.
I iskliznula je prije nego što im se našla na putu.
Der Vater schien von seiner eigenen Sturheit beherrscht zu sein.
Činilo se kao da je otac obuzet vlastitom tvrdoglavošću.
Und so vergaß er jeglichen Respekt, den er seinen Mietern schuldete.
I tako je zaboravio svako poštovanje koje je dugovao svojim stanarima.
Er drängte und drängte, bis deren Sprecher Einspruch erhob.
Gurao je i gurao sve dok se njihov glasnogovornik nije usprotivio.
Als er die Tür erreichte, stampfte er wütend mit dem Fuß auf.
Ljutito je lupio nogom kad je stigao do vrata.
Und damit brachte er den Vater zum Schweigen.
I time je doveo oca u zastoj.
„Hiermit erkläre ich“, begann er sich an seinen Vermieter zu wenden.
„Ovime izjavljujem“, počeo je obraćati se svom stanodavcu.
Und er hob die Hand und blickte die ganze Familie an.
I podigao je ruku, gledajući cijelu obitelj.
„Hinsichtlich der widerlichen Zustände im Zimmer;“

"Što se tiče odvratnih uvjeta u sobi;"
Und er sorgte dafür, dass alle seinen Worten zuhörten.
I pobrinuo se da svi slušaju njegove riječi.
"Hiermit kündige ich meinen Auszug aus meinem Zimmer."
"Ovim dajem obavijest da ću napustiti svoju sobu."
Und er unterstrich seine Aussage zusätzlich, indem er auf den Boden spuckte.
I dodatno je potkrijepio svoju poantu pljunuvši na tlo.
„Auch die Tage, die ich hier gelebt habe, werde ich nicht bezahlen.“
"Niti ću platiti za dane koje sam ovdje proveo."
Mit dieser Rückerstattung war er allerdings nicht ganz zufrieden.
Međutim, nije bio u potpunosti zadovoljan ovim povratom novca.
„Und ich werde erwägen, weitere Forderungen an Sie zu stellen.“
"I razmotrit ću postavljanje drugih zahtjeva protiv vas."
„Glauben Sie mir, solche Forderungen lassen sich sehr leicht rechtfertigen.“
"Vjerujte mi, takve će zahtjeve biti vrlo lako opravdati."
Er schwieg und blickte den Vater direkt an.
Šutio je i gledao ravno ispred sebe u oca.
Er schien zu erwarten, dass noch etwas passieren würde.
Činilo se kao da očekuje da će se dogoditi nešto više.
Tatsächlich hatten seine beiden Freunde sofort die gleiche Idee.
Zapravo, njegova dva prijatelja odmah su imala istu ideju.
„Wir stornieren auch unsere Zimmer“, sagten sie unisono.
„Također otkazujemo sobe“, rekli su uglas.
Dann packte er den Türgriff und schloss die Tür.
Zatim je uhvatio kvaku na vratima i zatvorio vrata.
Und mit einem lauten Knall schlossen sie sich in ihrem Zimmer ein.
I uz glasan tresak zatvorili su se u svoju sobu.
Der Vater taumelte mit tastenden Händen zu seinem Stuhl.
Otac se teturajući dovukao do svoje stolice pipajući rukama.

Und er ließ sich besiegt in den Stuhl fallen.

I pustio se da padne u stolicu, poražen.

Es sah so aus, als ob er seinen üblichen Abendschlaf halten würde.

Izgledalo je kao da ide na svoju uobičajenu večernju drijemež.

Sein Kopf nickte jedoch fast so, als ob er nicht gestützt würde.

Ali glava mu je kimnula gotovo kao da nema potporu.

Und man konnte sehen, dass er überhaupt nicht schlief.

I vidjelo se da uopće nije spavao.

Während all dem hatte Gregor sich nicht von der Stelle gerührt.

Sve to vrijeme Gregor se nije pomaknuo s mjesta.

Er befand sich noch immer an der Stelle, wo die Herren ihn zuerst gesehen hatten.

Još je uvijek bio tamo gdje su ga gospoda prvi put vidjeli.

Selbst wenn er umziehen wollte, fand er es unmöglich.

Čak i da se htio preseliti, to mu je bilo nemoguće.

Entweder aus Enttäuschung oder aus Hunger.

Zbog svog razočaranja ili zbog svoje gladi.

Er war enttäuscht über das Scheitern seines Plans.

Bio je razočaran neuspjehom svog plana.

Und er war geschwächt von dem anhaltenden Hunger, den er verspürte.

I bio je slab od dugotrajne gladi koju je osjećao.

Er war sich sicher, dass sich jeden Moment alle gegen ihn wenden würden.

Bio je siguran da će se svi svakog trena okrenuti protiv njega.

In Erwartung des unmittelbar bevorstehenden Zusammenbruchs wartete er.

S tim očekivanjem neposrednog sloma čekao je.

Die Geige begann vom Schoß der Mutter zu rutschen.

Violina je počela kliziti iz majčinog krila.

Mit einem ohrenbetäubenden Geräusch fiel die Geige zu Boden.

Uz zaglušujući zvuk violina je pala na tlo.

Doch selbst dieses plötzliche Krachen ließ ihn nicht
erschrecken.
Ali čak ga ni taj iznenadni zvuk treska nije prestrašio.
„Liebe Eltern", sagte die Schwester, „so kann es nicht
weitergehen."
„Dragi roditelji", rekla je sestra, „ovo se ne može nastaviti."
Und um ihrer Aussage Nachdruck zu verleihen, schlug sie
mit der Hand auf den Tisch.
I udarila je rukom o stol kako bi potkrijepila svoju poantu.
"Ich werde den Namen meines Bruders vor diesem Monster
nicht aussprechen."
"Neću izgovoriti ime svog brata pred ovim čudovištem."
„Deshalb sage ich es so deutlich wie möglich:"
"Zato ovo kažem što je moguće otvorenije:"
„Uns bleibt keine andere Wahl, als dieses Tier
loszuwerden."
"Nemamo drugog izbora nego se riješiti ove životinje."
„Wir haben unser Bestes getan, um dieses Tier zu tolerieren
und zu pflegen."
"Dali smo sve od sebe da toleriramo i brinemo se o ovoj
životinji."
„Ich glaube nicht, dass uns irgendjemand auch nur im
Geringsten die Schuld geben kann."
"Mislim da nas nitko ne može ni najmanje kriviti."
„Sie hat tausendfach Recht", stimmte der Vater zu.
„Tisuću puta je u pravu", složi se otac.
Die Mutter hatte noch immer nicht wieder richtig Luft
bekommen.
Majka još nije bila potpuno povratila dah.
Sie begann dumpf in ihre Hand zu husten und atmete
schwer.
Počela je tupo kašljati u ruku, teško dišući.
Und in ihren Augen begann sich ein wahnsinniger
Ausdruck abzuzeichnen.
I u njenim očima se počeo pojavljivati lud izraz.
Die Schwester eilte zu ihrer Mutter und hielt sich die Stirn.
Sestra je pojurila k majci i uhvatila je za čelo.

**Der Vater schien von den Worten der Schwester inspiriert
zu sein.**
Činilo se da su sestrine riječi nadahnule oca.
Und seine Gedanken schienen klarer als zuvor.
I činilo se da su mu misli bile jasnije nego prije.
**Er hörte auf, mit dem Kopf zu nicken, und setzte sich wieder
aufrecht hin.**
Prestao je klimati glavom i ponovno se uspravio.
**Und er spielte, in tiefes Nachdenken versunken, mit der
Mütze seines Dieners.**
I igrao se kapom svog sluge, duboko zamišljen.
Die Teller der Mieter standen noch auf dem Tisch.
Tanjuri od stanara još su bili na stolu.
**Und manchmal blickte er zu dem schweigenden Gregor
hinüber.**
I ponekad je pogledavao prema šutljivom Gregoru.
**„Wir müssen versuchen, es loszuwerden", sagte die
Schwester zu ihm.**
„Moramo pokušati da ga se riješimo", rekla mu je sestra.
**Die Mutter war zu sehr mit Husten beschäftigt, um
zuzuhören.**
Majka je bila previše zaokupljena kašljanjem da bi slušala.
**„Das wird euch beide umbringen, ich sehe es schon
kommen."**
"Ubit će vas oboje, već vidim kako će se to dogoditi."
**„Wir können nicht alle weiterhin so hart arbeiten wie
bisher."**
"Ne možemo svi nastaviti raditi tako naporno kao što radimo."
**„Und jeden Tag müssen wir nach Hause kommen und diese
Qualen erleiden."**
"I svaki dan se moramo vratiti kući na ovo mučenje."
**„Wir können das nicht mehr ertragen. Ich kann das nicht
mehr ertragen."**
"Ne možemo to više izdržati. Ne mogu to izdržati."
**In einem letzten Tränenausbruch sank sie ihrer Mutter in
die Arme.**
U posljednjem naletu suza pala je na majku.

Die Tränen rannen ihr über das Gesicht und auf das ihrer Mutter.

Suze su joj padale niz lice i na majčino.

Und mit einer mechanischen Bewegung wischte sie sich die Tränen weg.

I mehaničkim pokretom obrisala je suze.

„Mein Kind", sagte der Vater mitfühlend.

„Dijete moje", rekao je otac suosjećajnim glasom.

In seiner Stimme lag tiefes Mitgefühl und Verständnis.

U njegovom glasu čula se duboka sućut i razumijevanje.

„Aber was sollen wir tun?", gestand er und gab zu, es nicht zu wissen.

„Ali što bismo trebali učiniti?" priznao je da ne zna.

Die Schwester zuckte nur hilflos mit den Schultern.

Sestra je samo bespomoćno slegnula ramenima.

Und ihr anfängliches Selbstvertrauen wich erneut Tränen.

I njezino ranije samopouzdanje ponovno su zamijenile suze.

„Wenn er uns doch nur verstehen würde", sagte der Vater laut.

„Kad bi nas samo razumio", reče otac naglas.

Und er fragte sich halb, ob Gregor es vielleicht verstanden hatte.

I gotovo se zapitao je li Gregor možda razumio.

Die Schwester schüttelte unter Tränen heftig die Hand.

Sestra joj je samo žestoko stisnula ruku dok je plakala.

Und so signalisierte sie, dass man diese Idee gar nicht erst in Erwägung ziehen sollte.

I tako je dala do znanja da se o toj ideji ne treba razmišljati.

„Aber wenn er uns doch nur verstehen würde", wiederholte der Vater.

„Ali kad bi nas samo razumio", ponovi otac.

Er schloss die Augen und dachte über die Antwort seiner Schwester nach.

Zatvorivši oči, razmislio je o sestrinom odgovoru.

"Wenn er verstünde, dass eine Vereinbarung mit ihm getroffen werden könnte."

"Da je razumio, mogao bi se s njim postići dogovor."

„Aber unter den gegebenen Umständen…"

"Ali s obzirom na to da su stvari ovakve kakve jesu…"

„Es muss weg!", rief die Schwester, „es ist der einzige Weg."

„Mora ići", uzviknula je sestra, „to je jedini način."

„Du musst den Gedanken loswerden, dass es Gregor ist."

"Moraš se riješiti misli da je to Gregor."

„Dass wir das so lange geglaubt haben, ist unser
eigentliches Unglück."

"To što smo u to tako dugo vjerovali je naša prava nesreća."

„Aber wie kann es Gregor sein?", fragte sie ihren Vater.

„Ali kako to može biti Gregor?" upitala je oca.

„Er wusste, dass ein solches Tier nicht mit Menschen
zusammenleben kann."

"Znao je da takva životinja ne može koegzistirati s ljudima."

„Gregor hätte uns schon längst freiwillig verlassen."

„Gregor bi nas već odavno napustio, dobrovoljno."

„Das stimmt, dann hätten wir keinen Bruder mehr."

"Istina je, onda ne bismo imali brata."

„Aber wir könnten weiterleben und sein Andenken ehren."

"Ali mogli bismo nastaviti živjeti i odati počast njegovom
sjećanju."

„Aber dieses Ungeheuer verfolgt uns und vertreibt unsere
Pächter."

"Ali ova zvijer nas progoni i tjera naše stanare."

„Es will ganz offensichtlich die ganze Wohnung in Besitz
nehmen."

"Očito želi preuzeti cijeli stan."

„Dieses Biest will, dass wir auf der Straße schlafen."

"Ova zvijer nas želi natjerati da spavamo na ulici."

"Schau, Vater", rief sie plötzlich, "er bewegt sich schon
wieder!"

"Gledaj, oče", iznenada je uzviknula, "opet se miče!"

Und sie tat etwas, das selbst Gregor nicht verstehen konnte.

I učinila je nešto što čak ni Gregor nije mogao razumjeti.

Sie stieß sich von sich selbst ab, als wolle sie die Mutter
opfern.

Odgurnula se, kao da žrtvuje majku.

Und sie rannte hinter ihrem Vater her, um sich in Sicherheit zu bringen.

I trčala je za ocem radi neke vrste sigurnosti.

Der Vater war nur deshalb so aufgebracht, weil seine Tochter es war.

Otac je bio uznemiren samo zato što je bila i njegova kći.

Doch dann stand auch er auf und hob die Arme über sie.

Ali onda je i on ustao i podigao ruke nad njom.

Gregor hatte jedoch keinerlei Absicht gehabt, irgendjemanden zu erschrecken.

Ali Gregor nije imao namjeru nikoga prestrašiti.

Er hatte insbesondere nicht die Absicht, seine Schwester zu erschrecken.

Pogotovo nije imao na umu da će uplašiti svoju sestru.

Er wollte sich gerade umdrehen und zurück in sein Zimmer gehen.

Samo se pokušavao okrenuti natrag prema svojoj sobi.

Doch in seinem sich verschlechternden Zustand war selbst das schwierig.

Ali u njegovom sve gorem stanju čak je i to bilo teško.

Und er konnte seine Beine nicht mehr vollumfänglich nutzen.

I više nije mogao u potpunosti koristiti sve svoje noge.

Also benutzte er seinen Kopf, um seinen Körper anzuheben und sich umzudrehen.

Zato je koristio glavu da podigne tijelo i okrene se.

Er hielt inne und suchte in der Familie nach deren Zustimmung.

Zastao je i osvrnuo se oko sebe tražeći odobrenje obitelji.

Seine guten Absichten schienen erkannt worden zu sein.

Činilo se da je njegova dobra namjera prepoznata.

Seine Bewegung hatte sie nur kurzzeitig erschreckt.

Njegov pokret ih je samo na trenutak iznenadio.

Nun blickten sie ihn alle in unglücklichem Schweigen an.

Sada su ga svi gledali u nesretnoj tišini.

Die Mutter lag noch immer erschöpft im Sessel.

Majka je još uvijek ležala u naslonjaču, iscrpljena.

Vater und Schwester saßen nebeneinander.
Otac i sestra sjedili su jedno pored drugog.
»Vielleicht lassen sie mich jetzt umdrehen«, dachte Gregor.
„Možda će me sada pustiti da se okrenem", pomislio je Gregor.
Und er setzte seine unbeholfene Drehbewegung fort.
I nastavio je sa svojim nespretnim pokretom okretanja.
Er konnte die gelegentlichen Atemzüge der Anstrengung nicht unterdrücken.
Nije mogao suzbiti povremene uzdahe napora.
Und er war gezwungen, zwischendurch ein paar Mal Pausen einzulegen.
I bio je prisiljen odmoriti se nekoliko puta između.
Niemand drängte ihn jetzt zur Eile; es lag ganz bei ihm.
Nitko ga sada nije tjerao da žuri; sve je bilo prepušteno njemu.
Schließlich vollendete er die langsame und schmerzhafte Drehung.
Napokon je završio spori i bolni okret.
Er machte sich sofort auf den Weg zurück in sein Zimmer.
Odmah je počeo hodati natrag u svoju sobu.
Er war erstaunt darüber, wie weit er von seinem Zimmer entfernt war.
Bio je zapanjen koliko je bio daleko od svoje sobe.
Wie war er trotz seiner Schwäche zuvor dorthin gelangt?
Kako je, unatoč svojoj slabosti, prije stigao tamo?
Er war fast denselben Weg gegangen, ohne es zu bemerken.
Prošao je gotovo istim putem, a da to nije ni primijetio.
Er konzentrierte sich jetzt nur noch darauf, so schnell wie möglich zu krabbeln.
Sada se samo koncentrirao na puzanje što je brže mogao.
Das Ausbleiben von Kommentaren störte ihn nicht.
Nedostatak komentara od bilo koga ga nije uznemirio.
Erst als er schon in der Tür war, drehte er den Kopf.
Tek kad je već bio na vratima, okrenuo je glavu.
Aber er konnte sich nicht vollständig umdrehen und zurückblicken.
Ali nije se mogao okrenuti da se potpuno osvrne.

Denn er spürte, wie sich sein Nacken beim Umdrehen noch mehr versteifte.

Jer je osjetio kako mu se vrat još više ukočio dok se okretao.

Doch er sah, dass sich hinter ihm ohnehin nichts verändert hatte.

Ali vidio je da se iza njega ionako ništa nije promijenilo.

Der einzige Unterschied war, dass seine Schwester aufgestanden war.

Jedina je razlika bila u tome što je njegova sestra ustala.

Sein letzter Blick verriet ihm, dass seine Mutter eingeschlafen war.

Njegov posljednji pogled pokazao je da je njegova majka zaspala.

Sobald er in seinem Zimmer war, wurde die Tür geschlossen.

Čim je ušao u svoju sobu, vrata su se zatvorila.

Und sobald die Tür geschlossen war, wurde der Schrank verriegelt.

I čim su se vrata zatvorila, brava je bila zaključana.

Gregor erschrak über das unerwartete Geräusch hinter ihm.

Gregora je prestrašila neočekivana buka iza sebe.

Und vor lauter Überraschung knickten seine Beine unter ihm ein.

I noge su mu klecnule od iznenadnog iznenađenja.

Es war seine Schwester, die hinter ihm zur Tür geeilt war.

Bila je to sestra koja je pojurila prema vratima za njim.

Sie stand bereits aufrecht da und wartete auf ihn.

Već je stajala ondje uspravno i čekala ga.

Dann machte sie einen leichten Sprung nach vorn, ohne dass Gregor es hörte.

Zatim je lagano skočila naprijed, a da je Gregor nije čuo.

"Endlich!", rief sie laut, als sie den Schlüssel umdrehte.

„Konačno!" glasno je pozvala dok je okretala ključ.

„Was nun?", fragte sich Gregor, allein in der Dunkelheit.

„Što sad?", upitao se Gregor, sam u mraku.

Er merkte bald, dass er sich überhaupt nicht mehr bewegen konnte.

Ubrzo je shvatio da se više uopće ne može pomaknuti.
Doch seine Unbeweglichkeit überraschte ihn nicht wirklich.
Ali ga njegova nepokretnost zapravo nije iznenadila.
Sich auf so dünnen Beinen fortbewegen zu können, erschien lächerlich.
Mogućnost kretanja na tako tankim nogama činila se smiješnom.
Er wusste nicht, wie ihm das jemals gelungen war.
Nije znao kako je to ikada mogao učiniti.
Abgesehen davon fühlte er sich aber relativ wohl.
Ali osim toga osjećao se relativno ugodno.
Es stimmt, dass er am ganzen Körper tiefe Schmerzen verspürte.
Istina je da je osjećao duboku bol u cijelom tijelu.
Doch der Schmerz schien immer schwächer zu werden.
Ali bol je izgledala sve slabija i slabija.
Und er hatte das Gefühl, der Schmerz würde irgendwann verschwinden.
I osjećao je kao da će bol konačno nestati.
Er spürte den faulen Apfel in seinem Rücken kaum noch.
Jedva je više osjećao trulu jabuku u leđima.
Er dachte mit Rührung und Liebe an seine Familie zurück.
S emocijama i ljubavlju se prisjetio svoje obitelji.
Er spürte die Gefühle seiner Schwester noch stärker als sie selbst.
Osjećao je sestrine emocije čak i više nego ona sama.
Sie hatte Recht mit dem, was sie gesagt hatte; er musste gehen.
Bila je u pravu u onome što je rekla; morao je otići.
Er verbrachte einige Zeit in diesem leeren und friedlichen Zustand.
Proveo je neko vrijeme u ovom praznom i mirnom stanju.
Die Uhr schlug dreimal, leise, aber bestimmt.
Sat je otkucao tri puta, tiho, ali čvrsto.
Gregor wurde sanft aus seinen Betrachtungen gerissen.
Gregor je nježno izvučen iz svojih razmišljanja.

Er beobachtete, wie das Morgenlicht langsam in sein Zimmer drang.
Gledao je kako jutarnje svjetlo polako ulazi u njegovu sobu.
Dann sank sein Kopf völlig nach unten, ohne dass er es wollte.
Tada mu je glava potpuno klonula, bez njegove volje.
Und sein letzter Atemzug entwich schwach aus seinen Nasenlöchern.
I posljednji mu je dah slabo tekao iz nosnica.

Das Dienstmädchen kam früh am Morgen in sein Zimmer.
Sluškinja je rano ujutro ušla u njegovu sobu.
Bei ihrem üblichen kurzen Besuch fand sie nichts Ungewöhnliches vor.
Tijekom svog uobičajenog kratkog posjeta nije pronašla ništa neobično.
Aus Kraft und in Eile knallte sie alle Türen zu.
Iz snage i žurbe, zalupila je svim vratima.
An ruhigen Schlaf war in der gesamten Wohnung nicht zu denken.
U cijelom stanu nije bilo moguće mirno spavati.
Sie war gebeten worden, dies morgens zu vermeiden.
Zamoljena je da to ne radi ujutro.
Sie glaubte, er läge absichtlich so regungslos da.
Mislila je da namjerno leži tako nepomično.
Vielleicht wollte er ihr zeigen, dass er beleidigt war.
Možda joj je htio pokazati da je uvrijeđen.
Sie vertraute darauf, dass er über alle Arten von Intelligenz verfügte.
Vjerovala mu je da posjeduje sve vrste inteligencije.
Sie hielt zufällig den langen Besen in der Hand.
Slučajno je u ruci držala dugu metlu.
Also versuchte sie von der Tür aus, Gregor ein wenig zu kitzeln.
Dakle, s vrata je pokušala malo poškakljati Gregora.
Sie war etwas verärgert darüber, dass er überhaupt nicht reagierte.

Bila je malo ljutita što uopće nije odgovorio.

Deshalb stieß sie ihn diesmal etwas energischer an.

Zato ga je ovaj put malo čvršće gurnula.

Als er keinen Widerstand leistete, sah sie genauer hin.

Kad nije pokazao otpor, bolje ga je pogledala.

Bald begriff sie, was Gregor wirklich zugestoßen war.

Ubrzo je shvatila što se zapravo dogodilo Gregoru.

Sie öffnete die Augen noch weiter und pfiff vor sich hin.

Širom je otvorila oči i zviždala sama sebi.

Doch sie zögerte nicht lange, bevor sie die Tür öffnete.

Ali nije gubila puno vremena prije nego što je otvorila vrata.

Und sie rief mit lauter Stimme in die Dunkelheit:

I ona poviče jakim glasom u tamu:

"Komm und sieh es dir an, da liegt es, völlig tot."

"Dođi i pogledaj, eno ga, potpuno mrtvo."

Die beiden Eltern saßen aufrecht in ihrem Ehebett.

Dvoje roditelja sjedilo je uspravno u svom bračnom krevetu.

Zuerst mussten sie den Lärmschock überwinden.

Prvo su morali prevladati šok buke.

Doch dann begannen sie langsam, ihre Botschaft zu verstehen.

Ali onda su polako počeli shvaćati njezinu poruku.

Herr und Frau Samsa sprangen jeweils von ihrer Seite des Bettes.

Gospodin i gospođa Samsa iskočili su svako sa svoje strane kreveta.

Herr Samsa warf sich die dicke Decke über die Schultern.

Gospodin Samsa prebacio je debelu deku preko ramena.

Und Frau Samsa kam nur im Nachthemd heraus.

I gospođa Samsa izašla je samo u spavaćici.

Und so gelangten sie in Gregors Zimmer.

I tako su ušli u Gregorovu sobu.

Inzwischen hatte sich auch die Tür zum Wohnzimmer geöffnet.

U međuvremenu, otvorila su se i vrata dnevne sobe.

Grete hatte dort geschlafen, seit die Mieter eingezogen waren.

Grete je ondje spavala otkad su se stanari uselili.

Sie war vollständig angezogen, als hätte sie überhaupt nicht geschlafen.

Bila je potpuno odjevena kao da uopće nije spavala.

Ihr blasses Gesicht schien ebenfalls ihren Schlafmangel zu beweisen.

Činilo se da i njezino blijedo lice dokazuje nedostatak sna.

„Er ist tot?", fragte Frau Samsa und blickte die Magd an.

„Je li mrtav?" upitala je gospođa Samsa gledajući sluškinju.

Das hätte sie selbst überprüfen können, indem sie ihn angesehen hätte.

Mogla je to potvrditi da ga je i sama pogledala.

„Ich glaube schon", sagte das Dienstmädchen und hob den Besen auf.

„Mislim da da", rekla je sluškinja, uzimajući metlu.

Und sie schob seinen Körper ein langes Stück über den Boden.

I gurnula je njegovo tijelo daleko preko poda.

Frau Samsa machte eine Bewegung, als wolle sie sie aufhalten.

Gospođa Samsa napravi pokret kao da ju je htjela zaustaviti.

Doch am Ende ließ sie das Dienstmädchen Gregor herumschieben.

Ali na kraju je dopustila sluškinji da pomiče Gregora okolo.

„Nun", sagte Herr Samsa, „endlich können wir Gott danken."

„Pa", rekao je gospodin Samsa, „konačno možemo zahvaliti Bogu."

Er bekreuzigte sich; Kopf, Brust, Schultern.

Napravio je znak križa; glavu, prsa, ramena.

Und die drei Frauen folgten seinem religiösen Beispiel.

I tri žene su slijedile njegov religiozni primjer.

Grete, die den Blick nicht von der Leiche abwandte, sagte:

Grete, koja nije skidala pogled s leša, rekla je;

„Seht nur, wie dünn er war! Er hat so lange nichts gegessen."

"Pogledaj kako je bio mršav, tako dugo nije jeo."

„Das Futter, das ich ihm jeden Morgen hinstellte, war immer unberührt."

"Hrana koju sam mu ostavljao svako jutro uvijek je bila netaknuta."

Tatsächlich war Gregors Körper völlig flach und trocken.

Zapravo, Gregorovo tijelo bilo je potpuno ravno i suho.

Dies war nun, da er am Boden lag, deutlicher zu erkennen.

To je bilo vidljivije sada kada je bio na tlu.

Weil sein Körper nicht mehr von seinen Beinen hochgehalten wurde.

Jer njegovo tijelo više nije bilo podizano nogama.

Und weil es nichts anderes gab, was die Aussicht beeinträchtigte.

I zato što nije bilo ničega drugog što bi odvraćalo pogled.

„Komm doch für eine Weile mit uns herein, Grete", sagte Frau Samsa.

„Pođi malo s nama unutra, Grete", rekla je gospođa Samsa.

Während sie sprach, lag ein gequältes Lächeln auf ihren Lippen.

Na usnama joj je titrao bolan osmijeh dok je govorila.

Grete folgte ihnen, blickte aber auch immer wieder zurück auf die Leiche.

Grete ih je slijedila, ali se i osvrnula na leš.

Das Dienstmädchen schloss die Tür und öffnete das Fenster ganz.

Sluškinja je zatvorila vrata i potpuno otvorila prozor.

Es war noch früh, daher wäre die Luft normalerweise kalt.

Bilo je još rano, pa bi zrak inače bio hladan.

Doch in der kalten Luft lag auch ein Hauch von Wärme.

Ali u hladnom zraku osjećala se i mješavina topline.

Wie eine sanfte Erinnerung daran, dass es nun Ende März war.

Kao blagi podsjetnik da je sada kraj ožujka.

Die drei Mieter verließen nun ebenfalls ihr Zimmer.

Troje stanara sada je također izašlo iz svoje sobe.

Sie schauten sich staunend nach ihrem Frühstück um.

Zadivljeno su se osvrnuli oko sebe tražeći doručak.

Das Frühstück wurde vergessen, wegen dem, was das
Dienstmädchen gefunden hatte.
Doručak je bio zaboravljen zbog onoga što je sobarica
pronašla.
„Wo gibt es Frühstück?", grummelte der mittlere Herr.
„Gdje je doručak?" promrmlja srednji gospodin.
**Das Dienstmädchen legte den Finger an den Mund, um
Ruhe zu gebieten.**
Sluškinja je stavila prst na usta kako bi naredila tišinu.
Und sie winkte den Herren hastig und stumm zu.
I ona je žurno i tiho mahnula gospodi.
Das Dienstmädchen geleitete die drei Herren in den Raum.
Sluškinja je uvela trojicu gospode u sobu.
Und sie erklärte ihnen weiterhin, was geschehen war.
I nastavila im je objašnjavati što se dogodilo.
Und die drei Herren standen um Gregors Leichnam herum.
I trojica gospode stajala su oko Gregorova leša.
Mit den Händen in den Taschen blickten sie nach unten.
S rukama u džepovima gledali su dolje.
**Das Morgenlicht hatte den Raum nun vollständig
durchflutet.**
Jutarnja svjetlost je sada potpuno preplavila sobu.
**Dann öffnete sich die Schlafzimmertür und Herr Samsa
erschien.**
Tada su se vrata spavaće sobe otvorila i pojavio se gospodin
Samsa.
**Auf der einen Seite saß seine Frau, auf der anderen seine
Tochter.**
S jedne strane bila je njegova supruga, a s druge kćerka.
Herr Samsa trug inzwischen bereits seine Uniform.
Gospodin Samsa je već nosio svoju uniformu.
Man könnte sehen, dass sie alle ein bisschen geweint hatten.
Moglo se vidjeti da su svi pomalo plakali.
Grete drückte ihr Gesicht an den Arm ihres Vaters.
Grete je pritisnula lice uz očevu ruku.
„Verlassen Sie sofort meine Wohnung!", befahl Herr Samsa.
„Odmah napustite moj stan!" naredio je gospodin Samsa.

Und er deutete auf die Tür, ohne die Frauen gehen zu lassen.

I pokazao je na vrata ne puštajući žene da odu.

„Was meinen Sie damit?", fragte der Mittelsmann verunsichert.

„Što misliš?" upitao je zbunjeno srednji čovjek.

Und er gab sich alle Mühe, Herrn Samsa freundlich anzulächeln.

I dao je sve od sebe da se slatko nasmiješi gospodinu Samsi.

Die anderen beiden hielten ihre Hände hinter dem Rücken.

Druga dvojica su držala ruke iza leđa.

Und sie rieben sich erwartungsvoll die Hände.

I trljali su ruke u iščekivanju.

Offenbar erwarteten sie einen lauten Streit.

Činilo se kao da očekuju da će doći do glasne svađe.

Aber sie schienen sich auf die bevorstehende Auseinandersetzung zu freuen.

Ali činilo se da su sretni zbog nadolazeće svađe.

Sie dachten, der Streit würde zu ihren Gunsten ausgehen.

Mislili su da će spor biti u njihovu korist.

„Ich meine genau das, was ich eben gesagt habe", antwortete Herr Samsa.

„Mislim upravo ono što sam upravo rekao", odgovorio je gospodin Samsa.

Er ging mit seinen beiden Begleitern in einer geraden Linie.

Hodao je u ravnoj liniji sa svoja dva suputnika.

Und Herr Samsa ging direkt auf ihren Anführer zu.

I gospodin Samsa se izravno obratio njihovom vodećem gospodinu.

Der Herr blieb zunächst stehen und blickte zu Boden.

Gospodin je prvo stajao mirno, gledajući u tlo.

Die Gedanken in seinem Kopf waren noch im Wandel.

Sadržaj njegove glave se još uvijek slagao.

"Gut, dann gehen wir", sagte er und blickte zu Herrn Samsa auf.

„Dobro, idemo", rekao je i pogledao gospodina Samsu.

Eine neue Demut schien ihn plötzlich ergriffen zu haben.

Činilo se kao da ga je iznenada obuzela neka nova poniznost.

**Und er schien um Erlaubnis für diese Entscheidung zu
bitten.**
I činilo se kao da traži dopuštenje za ovu odluku.
Herr Samsa öffnete die Augen weit und nickte leicht.
Gospodin Samsa širom otvori oči i lagano kimne.
Die Herren folgten seinem Befehl unverzüglich.
Gospoda su odmah poslušala njegovu naredbu.
**Und sie machten tatsächlich große Schritte in den Flur
hinein.**
I doista su dugim koracima ušli u hodnik.
**Seine Freunde hatten bereits aufgehört, sich die Hände zu
reiben.**
Njegovi prijatelji su već prestali trljati ruke.
Sie hatten mitgehört, wie das Gespräch verlaufen war.
Slušali su kako teče razgovor.
Und nun rannten sie ihm nach, als ob sie Angst hätten.
I sada su trčali za njim, kao da su se bojali.
**Es ist möglich, dass Herr Samsa sie immer noch von ihrem
Anführer isoliert.**
Gospodin Samsa bi ih još uvijek mogao izolirati od njihovog
vođe.
Sie zogen ihre Stöcke aus dem Stöckebehälter.
Izvukli su svoje štapiće iz posude za štapiće.
**Und sie verbeugten sich schweigend, bevor sie die
Wohnung verließen.**
I tiho su se naklonili prije nego što su napustili stan.
Herr Samsa und die beiden Frauen traten aus dem Vorplatz.
Gospodin Samsa i dvije žene izašli su iz predvorja.
**Aber eigentlich hatten sie keinen Grund, den Männern zu
misstrauen.**
Ali zapravo nisu imali razloga ne vjerovati muškarcima.
**Sie lehnten sich ans Geländer, um zu überprüfen, ob sie weg
waren.**
Naslonili su se na ogradu kako bi provjerili jesu li otišli.
Die drei Herren kamen tatsächlich die Treppe herunter.
Trojica gospodina su doista silazila niz stepenice.
In einer bestimmten Kurve der Treppe verschwanden sie.

U određenom zavoju stubišta su nestali.

Und dann brachte die Treppe sie wieder in Sichtweite.

A onda ih je stubište ponovno dovelo u vidokrug.

Dieses Erscheinen und Verschwinden wiederholte sich auf jeder Etage.

To pojavljivanje i nestajanje ponavljalo se na svakom katu.

Doch schließlich waren sie fast am Ziel.

Ali na kraju su gotovo stigli do dna.

Je weiter sie gingen, desto uninteressanter wurden sie.

Što su dalje išli, to su bili nezanimljiviji.

Alle kehrten erleichtert ins Haus zurück.

Svi su se vratili u kuću, kao da su osjetili olakšanje.

Sie beschlossen, den Tag zum Ausruhen und für einen Spaziergang zu nutzen.

Odlučili su iskoristiti dan za odmor i šetnju.

Sie waren der Meinung, dass sie sich diese Auszeit von ihrer Arbeit verdient hatten.

Osjećali su da su zaslužili ovaj odmor od posla.

Sie hatten diese Auszeit nicht nur verdient, sie brauchten sie auch.

Ne samo da su zaslužili ovaj odmor, nego im je bio potreban.

Sie setzten sich an den Tisch, um Entschuldigungsbriefe zu schreiben.

Sjeli su za stol kako bi napisali pisma isprike.

Herr Samsa verfasste seinen Entschuldigungsbrief an die Geschäftsleitung.

G. Samsa je napisao pismo isprike svom menadžmentu.

Frau Samsa schrieb ihren Entschuldigungsbrief an ihre Kunden.

Gospođa Samsa napisala je pismo isprike svojim klijentima.

Und Grete schrieb ihren Entschuldigungsbrief an ihren Schulleiter.

I Grete je napisala pismo isprike svom ravnatelju.

Während alle schrieben, kam das Dienstmädchen ins Zimmer.

Dok su svi pisali, sobarica je ušla u sobu.

Ihre Arbeit am Vormittag war erledigt, also ging sie nach Hause.

Njezin jutarnji posao je bio gotov, pa je išla kući.

Die drei Schriftsteller nickten zunächst, ohne aufzusehen.

Trojica pisaca su isprva kimnula, ne dižući pogled.

Das Dienstmädchen schien aber noch nicht gehen zu wollen.

Ali činilo se da sluškinja još nije htjela otići.

Sie wartete einen Moment, bis die drei Schriftsteller aufblickten.

Pričekala je malo, dok trojica pisaca nisu podigla pogled.

„Na?", fragte Herr Samsa verärgert, genau wie die anderen.

„Pa?" upitao je gospodin Samsa, ljut, kao i ostali.

Das Dienstmädchen stand mit einem Lächeln im Gesicht in der Tür.

Sluškinja je stajala na vratima s osmijehom na licu.

Sie erweckte den Eindruck, gute Neuigkeiten zu verkünden zu haben.

Ostavljala je dojam kao da ima dobre vijesti za javiti.

Aber sie würde die Neuigkeit nicht preisgeben, solange sie nicht dazu aufgefordert würde.

Ali nije namjeravala podijeliti vijest osim ako je ne zamole.

Die aufrecht stehende Straußenfeder an ihrem Hut schwankte leicht.

Uspravno nojevo pero na njezinu šeširu lagano se njihalo.

Diese Straußenfeder hatte Herrn Samsa schon immer geärgert.

To nojevo pero je oduvijek živciralo gospodina Samsu.

„Also, was wollen Sie dann?", fragte Frau Samsa bestimmt.

„Dakle, što onda želite?" upitala je gospođa Samsa čvrsto.

Das Dienstmädchen hatte nach wie vor großen Respekt vor Frau Samsa.

Sluškinja je još uvijek imala puno poštovanja prema gospođi Samsi.

„Ja", antwortete sie und lachte freundlich auf.

„Da", odgovorila je i prasnula u prijateljski smijeh.

Einen Moment lang unterbrach sie ihr Lachen und sie
verstummte.

Na trenutak ju je smijeh spriječio da progovori.

„Um das Ding nebenan brauchst du dir keine Sorgen zu
machen."

"Ne moraš se brinuti zbog te stvari iz susjedstva."

„Ich habe bereits dafür gesorgt, wie wir es loswerden."

"Već sam dogovorio kako ćemo se toga riješiti."

Frau Samsa und Grete schrieben ihre Briefe weiter.

Gospođa Samsa i Grete nastavile su pisati svoja pisma.

Herr Samsa bemerkte jedoch, dass das Dienstmädchen noch
nicht fertig war.

Ali gospodin Samsa primijetio je da sobarica još nije završila.

Nun wollte sie alles genauer beschreiben.

Sada je htjela sve detaljnije opisati.

Doch er streckte die Hand aus, um ihre
Annäherungsversuche zurückzuweisen.

Ali on je pružio ruku da odbije njezine napore.

Sie erkannte, dass sie an ihren Plänen kein Interesse hatten.

Shvatila je da ih njezini planovi ne zanimaju.

Und dann erinnerte sie sich an die große Eile, in der sie
gewesen war.

I tada se sjetila velike žurbe u kojoj je bila.

„Dann tschüss", sagte sie, sichtlich beleidigt über das
mangelnde Interesse.

„Ciao onda", rekla je, uvrijeđena nedostatkom interesa.

Bevor sie ging, knallte sie die Tür jedoch mit einem lauten
Knall zu.

Ali prije nego što je otišla, strašno je snažno zalupila vratima.

„Sie wird heute Abend entlassen", sagte Herr Samsa.

„Bit će otpuštena navečer", rekao je gospodin Samsa.

Seine Frau und seine Tochter hatten jedoch keine Zeit, ihm
zu antworten.

Ali njegova žena i kći bile su previše zauzete da bi mu
odgovorile.

Weil das Dienstmädchen ihren gerade erst gewonnenen
Frieden gestört hatte.

Jer je sluškinja poremetila njihov novostečeni mir.

Die Mutter und die Tochter standen auf und gingen zum Fenster.

Majka i kćer ustanu da priđu prozoru.

Und so blieben sie mit den Armen umeinander liegen.

I ostali su tamo, zagrljeni jedno oko drugoga.

Herr Samsa drehte sich in seinem Stuhl um, um sie anzusehen.

Gospodin Samsa se okrenuo na stolici da ih pogleda.

Und eine Weile lang beobachtete er sie schweigend, wie sie dort standen.

I neko ih je vrijeme tiho promatrao kako stoje ondje.

Schließlich rief er ihnen zu: „Willst du zu mir kommen?"

Napokon ih je pozvao: "Hoćete li doći k meni?"

„Vergessen wir doch einfach all den alten Kram."

"Zaboravimo sve te stare stvari, hoćemo li?"

"Komm her und schenk mir ein wenig deiner Aufmerksamkeit."

"Dođi k meni i posveti mi malo svoje pažnje."

Die beiden Frauen taten, wie er gesagt hatte, und eilten zu ihm hinüber.

Dvije žene su učinile kako je rekao i pojurile su k njemu.

Sie umarmten ihn herzlich und küssten ihn.

S ljubavlju su ga zagrlili i poljubili.

Sie kehrten schnell zurück, um ihre Briefe fertig zu schreiben.

Brzo su se vratili da dovrše pisanje svojih pisama.

Dann verließen alle drei gemeinsam die Wohnung.

Zatim su sva trojica zajedno napustili stan.

Sie waren seit Monaten nicht mehr zusammen aus dem Haus gegangen.

Mjesecima nisu zajedno izlazili iz kuće.

Und sie fuhren mit der Straßenbahn an den Stadtrand.

I tramvajem su se odvezli do ruba grada.

Sie hatten den gesamten Waggon der Straßenbahn für sich allein.

Imali su cijeli vagon tramvaja samo za sebe.

Von draußen strömte Sonnenschein durch das Fenster.

Sunčeva svjetlost je prodirala kroz prozor izvana.

Die Familie lehnte sich bequem in ihren Sitzen zurück.

Obitelj se udobno zavalila u svoja sjedala.

Und sie besprachen die Aussichten für ihre Zukunft.

I raspravljali su o izgledima za svoju budućnost.

Bei näherer Betrachtung waren ihre Aussichten gar nicht so schlecht.

Nakon detaljnijeg pregleda, njihovi izgledi nisu bili loši.

Alle drei hatten Jobs mit dem Potenzial, mehr zu verdienen.

Sva trojica su imala poslove s potencijalom za veću zaradu.

Sie hatten einander nie nach ihrer Arbeit gefragt.

Nikada se nisu međusobno pitali o svom poslu.

Doch nun hatten sie endlich Zeit, solche Dinge zu besprechen.

Ali sada su napokon imali vremena razgovarati o takvim stvarima.

Sie hatten auch die Möglichkeit, in eine kleinere Wohnung umzuziehen.

Također su imali mogućnost preseljenja u manji stan.

Dies hätte den größten Einfluss auf ihr Leben.

To bi imalo najveći utjecaj na njihove živote.

Ihre jetzige Wohnung hatte Gregor ausgesucht.

Gregor je odabrao njihov trenutni stan.

Aber jetzt könnten sie in eine günstigere Gegend ziehen.

Ali sada bi se mogli preseliti negdje gdje je pristupačnije.

Eine kleinere Wohnung, aber eine praktischere.

Manji stan, ali negdje praktičnije.

Das Gespräch über die Zukunft machte Grete wieder lebendiger.

Razgovor o budućnosti ponovno je razvedrio Gretu.

Herr und Frau Samsa bemerkten auch andere Veränderungen an ihr.

Gospodin i gospođa Samsa primijetili su i druge promjene na njoj.

Ihre Wangen waren vor lauter Sorgen ganz blass geworden.

Obrazi su joj problijedili od svih briga.

Doch ihre Tochter entwickelte sich inzwischen zu einer feinen jungen Dame.
Ali sada se njihova kći razvijala u prekrasnu damu.
Sie war mittlerweile wirklich eine wohlproportionierte und hübsche junge Frau.
Sada je zaista bila dobro građena i lijepa mlada žena.
Ihre Eltern wurden still und bewunderten ihre Tochter.
Njeni roditelji su zašutjeli i divili se svojoj kćeri.
Sie wechselten Blicke und kommunizierten unbewusst.
Pogledali su se međusobno nesvjesno komunicirajući.
„Es wird bald an der Zeit sein, einen guten Mann für sie zu finden."
"Uskoro će biti vrijeme da pronađe dobrog muškarca za nju."
Die Straßenbahn hatte ihr Ziel erreicht und bremste ab.
Tramvaj je stigao do odredišta i usporio.
Ihre Tochter schien ihre neuen Träume zu bestätigen.
Činilo se da njihova kći potvrđuje njihove nove snove.
Sie war die Erste, die aufstand und ihren jungen Körper streckte.
Bila je prva koja je ustala i protegnula svoje mlado tijelo.